U0098130

GAEA

GAEA

陰間

After world I

〔另一個世界〕

星子——著

陰間

After world I

另一個世界

目錄

第一章 枉死

夜風簌簌颳捲，天上的流雲緩緩地聚合、流動、飄散、再次聚合。

阿武揚著頭，呆呆望著夜空那輪時隱時現的冷月，他不知道自己究竟這樣站了多久，他甚至不知道自己為什麼會站在這個地方，當他意識到這一點時，終於將視線放平，環視四周。

這是個不怎麼大的停車場，周圍停放著兩、三輛損壞廢棄的汽車，在他背後是一棟老舊的商業大樓——他對這兒並不陌生。

「嗯……」他看向停車場的出口，正要走去，突然覺得腰腹間發出一陣疼痛混雜著麻癢的奇異感覺，外加上一種怪異的垂擺晃動感。

他就著月光，拉開沾滿了乾涸血跡的花紋襯衫，見到自己腰間竟有條十來公分寬的大裂口，裂口邊緣爛肉翻捲，掛出一大截沾染著黑褐色污血的腸子。

那怪異的擺動感，就是來自這截垂掛在體外的腸子。

「幹，這裡是哪裡？怎麼會這樣？」阿武這才慌張起來，粗俗的口頭禪習慣性地脫口而出，他看著自己雙手、雙臂上滿布著挫傷、擦傷和瘀傷，全身衣褲破爛骯髒，他並不特別驚訝自己的模樣——無非就是讓人狠狠揍了一頓。

在他過往二十來年的生命當中，自己變成這副模樣，或是讓別人變成這副模樣的次數，已經多得數不清了，但如這次連腸子都掛在身體外的慘狀，卻是頭一遭。

「是誰幹的……」他記不起是誰把他帶來這裡打成這樣的。他在腦海裡搜尋著仇家，卻一個也想不起來，那些人的面孔都模模糊糊的，他只能隱約回憶起在某個時候——白天或是晚上——曾經和人追逐打鬥。

他跨出一步，腰間的腸子隨著步伐晃蕩，那種疼痛麻癢的感覺更甚，甚至超過了疼痛感，這讓他十分難受，那像是跪坐久了雙腿發麻，又去大力按揉的難受感覺。

一陣冷風吹來，拂過他的腸子，灌進腰間裂口，更讓他覺得難受。阿武咬著牙，捏起他的腸子，戰戰兢兢地塞回腰間破口。腸子鬆鬆軟軟，一點彈性也沒有，他感到說不出的奇怪，看見自己手上那乾涸的血漬，才想到肚子上的破洞應該會讓他流很多血，但此時那破洞連同腸子上卻一滴血也沒有。

他回頭看著不遠處，地上有一灘暗色污跡，想來應當是血跡。

或者說，血已經流乾了？

「……」他感到一股異樣的恐懼感，一時之間不願多想，用手按住腰間破洞，快步走出了這個停車場。

停車場外是曲折的巷子，他在巷子中繞走半晌，來到稍微熱鬧的地方，他見到了路上行人，以及一些滷味、鹽酥雞之類的宵夜攤販。

阿武快步低頭走著，不敢和擦身而過的行人對視，他覺得現在的自己太狼狽了。

背後突然亮起一陣紅藍閃爍燈光，令他陡然提高警覺，加快腳步繞進離他最近的巷子口。

駛過去的是一輛警車。

「去死。」他自巷子裡探出頭來，恨恨地瞪著那輛遠去的警車，張嘴便罵出一串長達十八個字的髒話順口溜。

他見警車沒於街口轉角，這才溜出巷了，腦海中閃動著一幕幕混雜凌亂的畫面，他試圖想起些什麼，但只記得自己在某一天晚上，似乎要將什麼東西帶去停車場，交給某個人。

就在警車遠去不久，數輛重型機車也自陰暗的巷子裡緩緩駛出，幾個機車騎士同樣也在躲避巡邏警車，他們互相嘻笑著，嚷嚷著調侃警察的廢話之後才揚長而去。

阿武看著遠去的車隊吞嚥口水，他的專業知識告訴他，哪幾輛重型機車市價昂貴，其中哪一款更容易得手……他伸手在頭上重重拍了一下，責備自己竟會忘記從事了數年的餬口兼職——偷車慣竊。

他隱隱記起那天晚上，帶去停車場的是一台名貴重型機車，要交給某個與他交易過數次的道上大哥。

「狗哥……皮哥？」阿武想不起這大哥名字，也記不清這大哥長相，只是清楚知道自己並不喜歡這傢伙，甚至可說相當地厭惡他，但每每當這大哥需要一批「新貨」時，阿武仍會準時將「貨」帶往大哥指定的地點，以換取酬勞。

「難道我得罪了他，被他做了？」

阿武停下腳步，盯著停在街邊的汽車車窗，見到倒影中自己那張殘破不堪的臉，著實嚇了一跳，他的額角上有一處嚴重創傷，污紅一片，那是一個凹陷裂痕，他伸手輕觸，一樣是微微痠疼夾雜絲絲麻癢感，他腦海陡然閃過些許畫面，他記起這破口是讓一個彪形大漢持著磚頭砸出來的。

「媽的，阿豹，我會討回來。」阿武跟著想起那彪形大漢叫作「阿豹」，是那不知叫作狗哥還是皮哥的得力手下，那大哥最近想要幾台什麼樣的車、在什麼地方交貨等指示，都是由阿豹傳遞給他的。

「哼哼，枉費我請你喝過幾次酒，出手還眞重……」阿武摸著臉上嚴重的瘀傷，他的眼圈腫了好大一圈，臉頰也是腫的，嘴唇都裂了，黑褐色的斑斑血跡遍布整張臉，阿武瞧著車窗倒影中這副慘烈模樣，連自己都覺得不忍卒睹。

阿武摸著臉上一處處傷，漸漸想起那晚他讓那不知道叫作什麼哥的五、六個手下團團圍住，打沙包似地，一直打、一直打、一直打。

阿武歪著頭想，怎麼也想不透，自己不是牽車給那個什麼哥的嗎？為什麼會被打，為了什麼事被打？被打之後又發生了什麼？自己為什麼還直挺挺地站在原地看月亮？

「眞衰，被打到失憶啊……」阿武恨恨地說。

汽車車窗的倒影裡、四周空氣中都瀰漫著一種感覺，那是一個他察覺到了，卻不願承認的念頭。他再度掀起襯衫，看著腰上那道十幾公分的大裂口，伸手按壓裂口周圍，使那條腸子又掉了出來。他看著乾澀沙軟的腸子，呢喃地說：「不會吧……難道我被打死了？」

「幹！怎麼可能？」阿武開始感到恐慌，他一會兒捏擰自己的臉，一會兒拍打自己的身體，仍然能感到觸感和微痛感，這使他覺得自己或許還沒死。

「喂！我死了嗎？」他奔跑起來，朝著路人大吼大叫，沒有一個人回應他的話，他們像是根本聽不見阿武大聲喊叫。

「阿婆——我要一份豬腸、一份豬耳朵、一份……」阿武對著一處燈光昏暗的滷味小攤拔聲嘶吼，「等等，今天不要豬腸，改雞翅好了……」他突然改口，再嫌惡地將腰間的腸子塞回破洞裡。

滷味攤阿婆直怔怔地看著那鍋愈漸濃稠的滷汁，緩緩地攪動，再攪動，對眼前點菜的阿武毫無反應。阿武隱約記得自己以前也時常光顧這滷味攤，這個阿婆上了年紀，老眼昏花，煮的滷味十分難吃，且記性也差，有時會算錯帳，常惹得阿武催促責罵，不過阿武依然時常光顧，是否因爲瞧阿婆無依無靠，而心生同情，就連阿武自己也不知道。

「喂！喂！跟妳說話妳沒聽見喔？」阿武語調拔高，歇斯底里地吼著，他氣得大罵髒話，還一腳往那滷味攤子踹去，卻像是踹在堅實沙包上一樣，那小車一動也不動，甚至連一點聲音也沒有。

阿武吸著鼻子，伸手抹去因驚懼和不甘而泌出的些許眼淚，揮手拍打攤上一塊塊的鴨血、豬耳朵，指尖傳來的知覺是麻木的虛幻感，小攤上的食物，他一樣也拿不起來。

一旁有個客人靠了過來，從阿婆手上接過一個小籃子，拿著鐵夾挑揀著滷味材料，阿武這才停下了手，向旁一靠，看看那客人的手，又看看自己的手——他的雙手青白而無血色，接著他掀起髒破襯衫，腸子再度自腰間滑出，他大著膽子捏起自己的腸子，稍稍拭去了腸子上的黑污血跡，腸子是灰白色的，他捏著自己的腸子和那客人食料小籃裡盛著的豬腸相比，連豬腸看來都比較鮮活些。

他長長地嘆了口氣，又自嘲地笑了笑，他轉身離去，還回頭對那阿婆埋怨說：「有什麼了不起喔，我才不希罕，阿婆妳賣的滷味難吃死了……」

他茫然走著，走過了人街，又走過小巷，再走上天橋，他踏著天橋階梯像是踩著軟土一樣，覺得棉軟軟的，有種不踏實感。他連懸掛在腰間隨著步伐擺動的腸子也不怎麼介意了，反正塞回去沒多久還是會掉出來。

他站在天橋上，默默看著深紫色的夜空、昏黃黯淡的樓宇和一扇扇死氣沉沉的窗。

自他有記憶以來，他一直是這樣看待這個世界的，灰濛濛、冷冰冰，他將視線放在天橋下一輛一輛的車上，反射性地想著哪一台值錢些、哪一台可能好偷些……

他一直知道自己是一個微不足道的人，在任何國家、任何城市裡都會有的那種最卑賤低下的人，是那種死了也不會有人替他多流一滴眼淚的人。

死了？

阿武看看自己的手，又看看月亮，今夜的月光似乎特別地皎潔，是以前從不曾這樣認真地看月亮，還是今夜的月亮真的特別明亮？

映在手上的光是混著青森的白，那是月光的顏色，還是手的顏色？

他坐了下來，跟著躺下。天橋前後寂寥無人，他用手枕著頭，看著夜空裡快速流動的雲。

他有些訝異自己記不清近期發生的事，卻能記得許久以前的種種，包括他的童年，他的生長歷程……他開始回想，在很多很多年以前，他那殘疾的老爸在電子遊藝場裡打雜，偶爾會帶幾粒小鋼珠回家讓他當彈珠玩。

當他年紀更大一點時，放學後便到遊藝場幫忙，他對那些電玩機台瞭如指掌，他會說各式各樣的粗口髒話，他會抽菸、會喝酒，這些都像是他與生俱來就懂的東西——儘管他那行動不便的老爸不喜歡他這樣，但是當幼小的他接下那些刺龍刺鳳的客人嘻笑遞來的小紙杯或是嗆辣香菸，而他將裡頭的酒一飲而盡、將菸呼呼吸吐，引得那些客人鼓掌叫好、打賞小費時，他老爸便也對他這些超齡行爲睜一隻眼、閉一隻眼。

那時的阿武對於客人們調侃式的賞菸敬酒一點也不以爲意，他將那些當作是一種有趣的遊戲，在他鼓著嘴巴噴煙或是大口喝酒的當下，他覺得自己不再是個蹲在角落、伺機撿拾地上鋼珠或零錢的打雜小弟弟，而是和那些粗聲大氣的哥哥們平起平坐的朋友。

學校的師長們曉得阿武的家庭背景，他們能夠理解並且盡量不追究阿武校外那些脫序行爲，但他們打從心底不喜歡阿武。

阿武知道，但不介意，因爲他也不喜歡他們。

此時的阿武枕著胳臂看天，他試圖回想國小時常責罵他的老師，不知是男是女、是老是少，或者男女老少都有。他抓抓頭，莞爾一笑，畢竟他被太多老師責備過了。

不知怎麼著，他的腦袋裡似乎有一股腦的記憶不停地翻騰跳躍，大都是片片斷斷的，像是一台故障的放映機，他費力思索著長大後的他，他記不太清楚自己是從什麼時候開始學習偷車了。

他的成長故事，在這城市裡無時無刻地上演，沒有人願意聽，沒有人願意關心；每個人都有自己的故事，他的故事並不特別、也不精彩，甚至連他自己都覺得索然無味，即便是他生前都不一定能夠回想得透澈清晰，何況是處於失憶混沌狀態的現在。

但他仍不厭煩地去回想，一點一滴去拼湊自己腦袋裡那些紛雜瑣碎的模糊記憶，這是他一輩子第一次這麼認眞地正視自己。

不知過了多久，四周漸漸炎熱起來，他開始覺得難受，像是正承受著一種如同將一件件毛衣往身上套的刑罰，他覺得此時比起最炎熱的夏日還要更加炙熱許多。

他注意到天空不再漆黑，淡淡的光芒從最遠處的樓群頂端泛出。阿武皺起眉，掀著領口搧風，他對這股異樣的熱尚未有任何反應。

不久之後，那股炎熱又增加了十倍，鋪天蓋地向整座城市瀰漫開來，像是火在燒。

「幹，都忘了我現在是鬼啊！」阿武這才驚覺到此時的自己已經不再是人，而是一縷幽魂，對此時的他而言，「鬼怕陽光」不再是傳說，而是一種親身實歷。

他急奔跑著，幾乎要聞到自己腸子給烤熟的味道，就在他讓這陣不可思議的炎熱烤暈前，他終於遁入了小巷中，四周的人漸漸多了，小巷裡也會有些拾荒的老人，或是揹著書包的孩童路過。

阿武想找些東西來遮擋那漸漸升起的太陽，卻無法拿起任何東西，他躲進某棟公寓的樓梯間，總算涼快了些。

阿武抱著膝蓋，漫無目的地躲在樓梯間陰暗處，每每有人出門或推開公寓大門時，一陣陣燥熱的風就會灌入樓梯間，燒得他全身燙麻，頭、臉、手臂上，以及腰間的裂口也發出較之先前更強烈的疼痛感，尤其是那條掛在體外的腸子，讓熱氣一蒸，除了疼痛之外，還發出微微的熟食氣味，使他想起自己最愛吃的大腸麵線，忍不住乾嘔了幾聲。

這令他窒息的熱，時強時弱，似乎和天上白雲的流動情形、多寡有關。

炎熱在正午時分到達頂峰，儘管躲在樓梯間的陰暗處，他仍讓從大門縫、窗戶、郵箱投遞孔鼓進的熱風蒸烤得暈眩失神，他有時趁著住戶進出時微微抬頭看向門外，外頭猶如一片火海，金亮閃耀得令他無法直視。

他知道此時倘若自己走出去，必然會像電影當中那些碰著了陽光的鬼魂一樣，立刻化成焦灰。

阿武僅能將身子盡可能往牆角縮，抱著膝蓋，腦中一片空白，炙熱像是永無止盡地燒灼著他，使他無法思考、無法動彈。在太陽西下的一個多小時前，他終於昏了過去。

砰——砰——砰——

是什麼那麼大聲？

砰——砰——砰——

似乎是腳步聲，是誰的腳步聲那麼大聲、那麼令人不安？

阿武睜開眼睛，四周冰涼涼的，原來夜晚又來到了，他第一個想到的是，要是白天那麼難熬，那麼他往後的日子將會十分艱苦，做鬼都苦。

砰——砰——砰——

腳步聲更大了，阿武像是暗溝裡的老鼠嗅著貓味一般，全身緊繃、全神灌注。

這陣腳步聲帶著一種難以形容的感覺，他多年累積下來的職業敏銳度催促著他盡快逃跑，因此他想也不想便反射性地鑽出樓梯間暗處，就要奪門而出。

門打不開。

阿武登時想起早上他是趁著一個老頭開門的瞬間溜進來的，但此時鐵門卻關著，而他打不開門，更無法按下門鎖上的開門按鈕——身為鬼魂，他此時對於人間世界中任何東西都無法挪動一分一毫。

砰——砰——砰——

就在那奇異樓梯聲響更接近時，鐵門突然開了，開門的是一個返家的女學生。阿武想也沒想，便擠了出去，他似乎瞥見與他擦身進來的夜歸女子臉上那股異樣的神色，她察覺到他了嗎？

阿武拔腿狂奔了好一陣子，他奔出了幾條街，在交錯紛雜的巷子中左右鑽逃，仍不時回頭探看，直到他確定自己完全擺脫了那令他不安的壓迫感為止。

□

他漫無目的地遊蕩，來到了一處夜市，此時夜尚未深，正是人潮最多的時候。他和那些來往人潮擦著肩、碰著身了，他能夠感受得到人們的身子撞著了他，但撞著他的人卻像是一點也沒察覺。

他生前大多數時候，都是他大搖大擺地撞著別人之後，最多冷冷扔一句「不好意思」了事，然而此時眼前的行人卻一個個都不把他放在眼裡，將他撞得搖搖晃晃，沒一步平穩。迎面走來一個年輕學生不停擺手，滔滔不絕地向身旁的同學大發議論，阿武和這學生撞得個滿懷，終於按捺不住，一巴掌便往那學生腦袋上搧，一連搧了三、四下，那學生依然故我，猶自開懷大笑。

阿武嘆了口氣，莫可奈何，只能將因激動發怒而滑出的腸子重新塞回肚腹破洞，比起被行人推擠，他更厭惡自己的腸子不停溜出體外，乾澀腸子的沙軟擺動感讓他覺得反胃噁心。

他又行走一陣，見到了更多的食物攤子，他依稀記得自己生前也時常在這夜市裡玩樂，也大概認得那些口碑較好的攤子，他試著回憶那些小吃的滋味，一陣突如其來的感覺讓他覺得自己似乎還在人世，是飢餓感。

「難怪拜拜要準備那麼多吃的，原來鬼也會肚子餓。」阿武乾笑幾聲，經過一處串烤攤子，看著攤子火架上一串串塗著醬汁的燒烤肉串，感到腹中飢餓更甚，連他偶爾跑出來的腸子都沙沙蠕動著，透露著想吃東西的念頭，他忍不住順手去抓取攤子上那些烤好的肉串，卻無法拿起來。

他索性彎腰低頭去咬那些已經烤好的肉串，甚至伸出舌頭舔，但一點味道也嚐不到，就像是在舔一塊食物形狀的塑膠模型，他感覺不到堅硬感，牙齒也咬不進肉裡。

他覺得悲哀極了，茫然無神地站在那串烤攤子旁，他覺得自己就像是身處在一個幻象世界裡，這世界除了他自己以外，全部都是假的、是虛無的。他試著將雙手放在炭火架子上，只能隱隱感覺得到暖意，像是一個人將雙手放在口邊呵氣一樣。

他在一處販賣盜版色情光碟的攤子前停下，他還記得這盜版色情光碟攤子老闆以往和自己稱得上是熟絡，差不多是買十片送兩片這樣的熟絡程度，他腦海中對於近幾年的記憶都是零星而片段，一時也捨不得離開這個他稍微有些印象的人。他希望藉著這老闆來回想起一些人和事，例如以前那個總是跟在他身邊、「曉武哥」前「曉武哥」後喊個不停的死黨小弟，他倆時常在這攤子前挑揀新片。此時他見到攤子上多了些他沒見過的色情片，便習慣性地伸手翻揀——當然無法拿起。

在他左邊是個頂著碩大啤酒肚子的中年男人，老練地精挑細選，對老闆的推薦不屑一顧；他的右邊擠來三個高中男生，嘻嘻哈哈地翻找眼前的片子，不時推推眼鏡、吞吞口水、拉拉褲襠調整位置。

「幹！」阿武覺得腰間一陣痲癢，低頭一看，竟是身旁那高中生手中的珍珠奶茶杯上突出的粗口吸管，正好頂著他腰間破口裡的腸子，他驚怒地向後退開，正要抬腳踹人，卻突然發現自己身後撞著的，是一個穿著短裙、面貌姣好的女生，那女生一面看著錶，似乎等候著排隊購物的友人。

「嗯……」阿武頓時有一種靈光閃現的感覺，他覺得方才與那中年男人、高中學生推擠著挑揀色情光碟的自己眞是蠢到家了。

「既然只能看，當然要看好看的。」阿武將臉湊近那女生，左看右看、貼著看、伏低身子看，這新發現的樂子暫時將他方才的陰鬱一掃而空。他開始動起手來，儘管指尖傳來的觸感如同在撫摸一具塑膠玩偶般，與活人的血肉感大不相同，有種難以言喻的不眞實感，但他還是覺得過癮極了。

再跟著，阿武將目標從那年輕女孩身上，轉移到整個夜市的年輕女孩身上，他像是大鑑賞家般地對每個經過他身邊的年輕女孩品頭論足，趁著與她們擦身而過的時候，伸出他那隻青森烏灰、滿布傷疤的手，在那些女孩身上大肆非禮一番。

「喔呵呵——」阿武感到無比快意，他這時所作所爲，是連那些位高權重的大官，或是家財萬貫的大老闆，又或是勢力龐大的黑道頭子等也不能公然進行的行爲，他卻能夠隨心所欲地做——雖然這是他用命換來的。

他想到這一點時，不免有一絲悲哀，但死都死了，還能如何，在這當下，也只有盡情享受這用命換得的娛樂了。他陶醉地環抱著一個穿著緊身上衣的女子，將頭臉在那女子的胸懷間上下磨蹭，跟著連雙腳也勾上了那女子的腰，像隻無尾熊似地隨著那女子的步伐前進，還不時扯著喉嚨大叫：「反正我都死了，我愛怎麼樣就怎麼樣，再也沒有人管著我了，臭條子，有種再來找我麻煩啊……哈哈、哈哈……」

就在他自得其樂時，突然感到有些不自在，他覺得有人看著他——就在他斜前方騎樓下那排機車之處，有一個模樣約莫十歲上下的小男孩，身穿棒球外套、頭戴一頂鴨舌帽，倚靠在一輛機車旁，那小孩的帽簷壓得十分低，幾乎遮住了眉毛，但阿武仍然感受到那小孩直勾勾的目光。

阿武訕訕地鬆開手，落下地，覺得那小孩的目光令他有些尷尬。他挺直身子，背過身去，再次尋找新的目標，當他盯上了一個面目清秀的長髮女孩，試圖將身子伏得極低，好窺視她長裙內部時，不經意又瞧了瞧那小孩駐足之處。

小孩仍望著他。

阿武一驚，他覺得那小孩看得見他，趕緊狼狽地起身，三兩步奔到那小孩前，伸手在那小孩面前搖了搖。阿武雖然沒有得到小孩的回應，但他順著小孩的視線看去，他發現這小孩正目不轉睛地注視著自己腰間那條淌出來的腸子。

「喂！小鬼，你看得見我對吧，你……」阿武趕忙將腸子塞回了裂口中，急切地問。

小孩緩緩伸手，一連指向好幾處，說：「你剛剛大吼大叫的，大家都在看你。」

「啥？」阿武可是大吃一驚，連忙朝著那小孩所指地方看去，在一處騎樓底下，有幾個中老年人圍坐一桌正下著象棋，他們身邊也總有人圍觀，大都目不轉睛地盯著棋盤戰局，卻也有個年邁老者歪著頭看向這方，似乎也讓方才阿武的舉止所吸引。阿武瞪大眼睛，他發現那老者雙腳微微離地，是騰在空中的。

另一旁二樓微微敞開的窗口，漆黑陰暗，裡面有個倚在窗邊的女子正抽著菸，一手托著下頷，同樣似笑非笑地望著阿武。

再一旁，一個西裝筆挺、提著公事包的中年男人，不時看著錶，迎面而來，也瞅了阿武幾眼，再撇過頭去。

「咦、咦？」阿武愣了愣，一把拉住那中年男人胳臂，說：「先生，你看得見我？難道我沒死？」

「老兄，我趕時間。」中年男人不願停下腳步，撥開了阿武的手，匆匆走遠。

「哥哥，你是死了沒錯，你變鬼啦。」小孩走近阿武身邊，拉了拉他的衣襟，還捏了捏他的腸子，說：「如果你活著，腸子跑出來不會痛嗎？」

「唔！」阿武聽小孩這麼說，最後一絲的希望也破滅了，他說：「所以說……你們跟我一樣，也是鬼……」

小孩點點頭，跟著上下打量著阿武，說：「哥哥，你剛死吧，嗯，需不需要許可證？我便宜賣給你……」小孩邊說，一邊從口袋掏出一張土色方紙。

阿武也沒細看小孩手上那玩意兒，只是猶自不停四顧整條夜市街，果然又見到幾隻遊蕩在四周的鬼，知道自己剛才一舉一動都讓他們看見了，不由得大大發窘，恨不得挖個地洞把自己塞進去。他有些惱羞成怒，見小孩仍拉著他的衣襟，便一把推開了他。

「囉唆啦。」

小孩不再說話，回到了原先的機車旁，靜靜倚靠著，看著前方。

阿武佇在原地，有些茫然，不知道自己該往何處去，他順著小孩視線望去，小孩看著的是一個尋常的肉圓攤子，生意尚過得去，賣肉圓的老闆年近五十，忙碌地將肉圓盛入紙盒、淋上醬汁、裝袋、放入竹筷，再接錢、找錢。

阿武來到小孩身旁，蹲了下來，賠笑說：「歹勢啦，我剛剛太兇了，你在看你爸喔？你捨不得他喔？」

小孩白了阿武一眼，撇過頭去，說：「他是我弟。」

「呃？」阿武愣了愣，再次看了看肉圓攤大叔，驚訝地問：「嘩，那你不是死好幾十年了？」

「是啊，死四十幾年了吧。」小孩再度取出那張土色方紙，在阿武前搖晃。「你到底要不要許可證，沒有許可證的話，你還是趕快走，去別的地方，不然會害到我們。」

「啥許可證？」阿武伸手去拿，但小孩警覺地一縮手，將那張「許可證」拿遠了些，說：「這是陽世許可證，沒這張東西的孤魂野鬼不能在地上逗留，要去下面待。」

「下面？」阿武雖然一時之間無法理解「許可證」是啥玩意兒，但大約卻明白小孩想向他兜售這東西，他扠起手，嘖嘖了幾聲：「你賣這個喔，這一張賣多少？」

小孩抿了抿嘴，問：「你有多少？」

阿武掏出皮夾，刻意拉開讓小孩看，裡頭除了隨身證件，只有幾張百元鈔票而已。

「這是活人在用的錢，死人不用這種啦。」小孩皺起眉頭，問：「你的親朋好友應該會燒錢給你吧，你記得你住哪裡嗎？」

「還眞麻煩。」阿武哼哼笑了起來，他並沒有打算向小孩購買這許可證，他倒覺得有些好笑，原來人生在世汲汲營營掙錢吃飯花用，就連死了也一模一樣。但他只乾笑幾聲，就笑不出來了，他不知道有誰會燒錢給他。

「想不起來你住哪裡嗎？」小孩問。

「小時候的事大概都還記得，長大之後反而很模糊，最近的事，我完全不知道，我只知道自己是被人打死的。」阿武攤手一笑。

「看得出來。」小孩點點頭，像是對阿武這樣的反應習以爲常，他叮嚀地說：「仔細想，一定想得起來，人剛死，總會渾渾噩噩，久了就正常了。」

「要多久？」阿武好奇地問。

「不一定，有些人死很久，還是呆頭呆腦，有些人幾天就恢復記憶了。」小孩上下打量著阿武，像是在算計著什麼一樣，他說：「這樣好了，這兩天你跟著我，等你想起自己住哪裡、有哪些親人，就帶我去找他們，我再教你怎樣把錢弄到手。」

阿武看著小孩，突然插口問：「這麼好心喔，你要抽多少？」

「四……不，算你三成就好了。」小孩也毫不掩飾，他說：「弄錢的手續很複雜，沒有人指點，你一毛錢也弄不到，四成是公道價，三成是折扣價，我是憑良心做生意的。」這小孩一邊說，一面從口袋裡掏出一疊土色方紙，翻翻找找，挑出一張遞給阿武，說：「這張免費招待你，期限是三天。」

阿武接過許可證，左瞧右瞧，上頭的打印字樣是大大的「陽世許可證」五個字，下頭是些規範條約之類的小字，還有兩、三枚大大的紅色章印，他看著小孩的目光，若有領悟地說：「你自己印的喔？」

「嘿嘿，總之保證有效……」小孩正要說明，突然一驚，一把搶回阿武手上的許可證，往騎樓下退逃，同時向阿武說：「快走啦——」

阿武愕然之餘，也直覺性地跟著小孩跑，但見小孩倏地鑽入了牆，不見影蹤，他回頭，觀棋老者仍閒致地瞧人下棋，二樓窗台抽菸女子，也仰頭吸著菸，像是什麼事也沒發生。

但阿武仍然像是嗅著了貓味的老鼠一般，彎著背脊，往騎樓深處靠去，他漸漸蹲低身子，躲到一排排機車後方，他聽見了先前那令他緊張的腳步聲。

砰——砰——砰——

腳步聲隨之變大，穿透夜市吵嚷人聲，像是群蜂嗡響中透出的一記記重鼓般清晰。

「唔！」阿武的身子一抖，縮得更低。

他見到一道高大身影遠遠走來，那傢伙身著墨黑色西裝，體態雄偉，那身影的頸部以上，是一顆牛腦袋，有一雙挺翹的耳朵，和一對彎曲粗壯的尖角。

「牛頭……」阿武掩不住心中的驚懼，這傢伙就是傳說中的牛頭馬面，想來應該是那牛頭。

「原來是專管死人的條子，我幹……」阿武嚥了一口口水，在他腦中對於牛頭馬面的印象和一般人沒有太大差異，他知道牛頭馬面是鬼差，如同陽世的警察一樣。

阿武躲在騎樓下的機車陣後方，牛頭走在夜市街道上，牛頭經過阿武正前方時，他倆相距只有四、五公尺。阿武屏住了氣息——在這一瞬間當中他對於鬼魂也保有呼吸吐納感這一點覺得有趣，但他無法深思，他只能將身子縮得更緊，祈禱牛頭趕緊離去。

「張、曉、武——」牛頭轉身，面向阿武藏身之處，舉步走來。

「我幹！耍我啊！」阿武驚憤地跳了起來，拔腿就跑，他口中爆出如肉粽般成堆成串的髒話，像是霹靂啪啦的鞭炮爆炸。然而他也聽見背後那一聲怒吼，和鋪天蓋地迫來的踏步聲。

他在騎樓下穿梭奔跑，速度極快，一下子已經到了轉角；他轉入一條防火巷，巷子陰暗狹窄，堆積著許多雜物，底下還有條臭水溝，一台台冷氣機自兩邊窗口架出。

阿武靈巧地鑽到了巷子中段，回頭，見到牛頭緊跟在後，可嚇出一身冷汗，牛頭的雄偉體態並未造成他在狹窄小巷內追逐上的不便，阿武一時之間還不明白，只當後面那頭牛不但壯碩，且很敏捷。

「死條子陰魂不散！」阿武拚命加快自己的步伐，不時躍起跳過那些堆積在地上的廢棄物，恨恨地叫囂：「以前條子抓不到我，現在你這頭怪牛也休想抓到我！幹！」

阿武再一次回頭時，牛頭離他更近了。他生前經歷過無數次這樣的追逐，有時是他追著仇家打，有時是他被仇家追著打，或是被警察追著打。

無數次的追逐經驗讓他曉得自己該在什麼時候突然轉身，冷不防地給追上來的傢伙一記拳頭。

就是現在！

阿武在將要奔出防火巷的出口前，陡然轉身就是一拳。

這記拳頭打在牛頭結實的胸膛上，像是打在一堵牆上，一點效用也無，牛頭則是猛抬一腳，重重踢在阿武的肚子上，將他踹得飛出防火巷。

「唔……幹，多謝你喔！」阿武摔在地上，痛苦掙扎，摀著肚子撐起身子繼續跑，牛頭這一腳反而將兩人間的距離拉大了些。

阿武咬牙強忍著肚腹疼痛，他腰間落出來的腸子更長了些，他提著腸子，想往反方向奔逃以拉大彼此距離，但他奔沒多遠，就讓前方巷口一個突然自樓房牆壁竄出的大黑影一胳臂撂倒在地。

揮臂撂倒阿武的傢伙身形高拔，同樣身著深色西裝，但體態較為精瘦，且襯衫的潔白領口以上是一顆馬頭，長長的鬃毛垂到肩際——是馬面。

馬面兩隻眼睛死黑暗沉、毫無生氣，手上還提著方才向阿武兜售陽世許可證的小孩，小孩垂頭喪氣地讓馬面提著後領，一動也不敢動。

阿武吃了牛頭一腳，本已痛苦至極，又讓馬面一胳臂撂在地上，掙扎了半晌才站起身，牛頭早已來到了他的背後，一把揪住他的後領，將他壓倒，跟著掐按著阿武的後頸，拗著他手腕扭至背後，手法和人間警察差不多，這使得阿武冒出一股莫名的怒氣，在他活著的時候，綁票殺人等大壞事雖沒從沒幹過，但偷竊、打架等小壞事也沒停過，因此他進出警局、躲避條子也無話可說，但變成了鬼，難道還得揹負生前罪孽？

他氣呼呼地大喊：「我犯了什麼罪？你們要判我幾年？先說好，我沒做的事別贓在我頭上啊。」

「你這一生幹過什麼好事壞事，下去做個筆錄，很快就知道了。」牛頭開口說話，聲音倒比阿武想像中還要年輕，像是個和他年紀相仿的年輕人。

「哪有這種事，去哪裡做筆錄？你們要誣我什麼？」阿武忿忿不平地說：「跟你們去做筆錄，我怕去了就出不來了！」

牛頭沉沉地說：「沒這回事，做完筆錄就放你出來了，之後你怎樣，就不干我們的事了。」

馬面哼哼一笑，搖了搖手上小孩，說：「不過這老小子比較麻煩，又在賣僞造的許可證了。」

「誰……誰說我僞造許可證，那種事我很早就洗手不幹了，現在我的證件是眞的！」小孩拉開外套拉鍊，又從襯衫中拉出一個方形小包，從方形小包中取出一個半透明的小袋子打開，是一張和方才那些證件一模一樣的紙。

阿武見這小孩方才隨手就是一把許可證，但唯獨這張許可證收藏得如此愼重，何者爲眞、何者是假，便也不言可喻了。他嘖嘖幾聲，卻沒說什麼。

「別急著現寶，我看過好幾次了，我知道你有一張無限期的許可證。」馬面哼哼笑著說：「可是你僞造證件賣給別人，是不行的。」

牛頭推了推阿武，問：「老小子剛剛是不是要賣你許可證？」

「什麼許可證？那是什麼？我不知道啊！」阿武瞪著牛頭，恨恨地說：「剛剛我跟這小弟在聊天，沒有聊到什麼許可證……」阿武儘管不悅小孩試圖賣他假許可證，但在他的價值觀中，小孩和他是同一類人，而條子則是他們共同的敵人，實際上小孩並未令他損失什麼，而牛頭馬面卻賞了他兩下重擊，讓他眼冒金星。

小孩眼睛亮了亮，也頗訝異僅聊過幾句的阿武竟替他圓謊，趕緊連連點頭說：「看吧，我哪有賣假許可證，我……我很安分，閒來無事跟其他鬼閒話家常，有錯嗎？」

「是嗎？」馬面看了看小孩，又看看被壓在地上的阿武，問：「你和這老小子什麼關係？爲什麼替他說話？」

「我跟他沒關係啊。」阿武搖搖頭說。

馬面鬆開手，將小孩拋在地上，來到阿武面前蹲下，從胸前口袋取出一個巴掌大小、黑色長方的玩意兒，另一手則捏著筆，在那東西上點點畫畫。

「哇幹！牛頭馬面也用ＰＤＡ喔！」阿武愕然驚叫，他雖然對電子產品沒有多大研究，但他大約知道馬面手上那玩意兒是一種時下流行的掌上型電腦。

「問你什麼，你回答就是了。」牛頭加重了拗扭阿武手腕的力道，使阿武疼得哀叫起來。

「張曉武，二十四歲，屬狗對吧。」馬面問。

「不對！我二十八歲，屬馬。」阿武怪聲嚷嚷著：「而且我不是張曉武，我……我姓李啊！」

「啥？」壓著阿武的牛頭搔了搔頭，稍稍減輕擒拿施力。

「你們認錯人了……」阿武一面說，伸手在褲袋中掏摸，摸出一個皮夾，他將皮夾抖開，便露出裡頭的身分證，上頭的姓名是「李文新」——這當然是假造的身分證。

他倒是對那些將他打死的傢伙，卻未取走他的皮夾感到有些詫異，但隨即醒悟，皮夾中擺著一張僞造的身分證，即便屍體讓人發現，那張假造的身分證，還能夠誤導警方偵察方向。

牛頭奪過阿武手上的皮夾，細看了看，呢喃地說：「眞的是姓李耶。」

「你白活啦？身分證在陽間一張沒值多少錢。」馬面白了牛頭幾眼，又回頭看看站在遠處的小孩，冷笑地說：「我看他們是同道中人，難怪氣味相投啊……」馬面又在PDA上點點畫畫了好一會兒，跟著按了機器幾下。

「這便宜貨，會不會是資料出錯？」牛頭狐疑地問。

馬面將ＰＤＡ放入口袋，揪著阿武頭髮說：「不管你是誰，死了就不能繼續在陽世遊蕩。回到底下，不管你姓張還是姓李、屬狗還是屬馬，都能查得清清楚楚，若是讓我們查出你編造身分，有你受的。」

阿武不安問著：「回去哪裡？」

「到時候你就知道了。」牛頭將阿武拉了起來，揪著他的衣領。馬面則伸手從腰間取出一副怪模怪樣的東西，那是一雙完整的手骨，骨節銳長殷紅，做握拳狀，兩個拳頭末端以鎖鍊相連，馬面扳著手骨指節，喀啦幾聲，本來呈現握姿的手骨張揚開來，變成了爪狀。

「嘩，別想用這玩意銬我！」阿武登然會意，這玩意兒是手銬——他最痛恨的東西之一，他突然一記勾拳打在馬面下巴，同時抬膝一撞，頂上馬面小腹，再猛地向後一蹦，後腦結結實實撞在牛頭嘴上，這三記攻擊一氣呵成。阿武本便有數不清的街頭鬥毆經驗，過往遭多人圍毆時，都能出其不意地反擊脫困。

但這一次不同。

他的拳頭、膝蓋像是打在石柱上、他的後腦像是撞在土牆上，這一氣呵成的三記突擊，竟像是攻擊在他自己身上一樣，使他抱著頭彎下腰來，覺得後腦發出一陣一陣的暈眩疼痛，拳頭和膝蓋也疼痛欲裂。

「別白費力氣了，你剛死不久，一點鬼氣也沒有。」馬面順手兩巴掌甩得阿武雙頰熱辣紅腫，又將那對朱紅骨銬的其中一環向阿武後頸湊去，五指握合，喀啦啦地將阿武頸子緊緊掐住，阿武感到頸上傳來強烈的刺痛和緊束感，不由得噫噫哀嚎起來。「咳咳，原來不是手銬，是脖子銬！我靠……」

「錯了。」馬面哼哼一笑，說：「這玩意兒哪裡都能銬，你最好安分一點，不要逼我銬你其他地方。」馬面這麼說時，順勢朝阿武褲襠瞄了一眼，阿武倒吸了一口冷風，再也不敢作聲。

馬面將阿武雙手扭至後背，要他伸出雙手食指互相交疊，再以掐著他頸子的骨銬上另一隻爪子，緊緊握住阿武一雙食指。

「唔！」阿武讓這幾近刑求的銬姿鎖得難受至極，只覺得雙臂姿勢緊綳痠疼，頸子和雙手食指也疼痛難熬，他憤怒地說：「果然……活條子跟死條子都是一個樣子，我幹——」他憤怒罵著髒話，馬面也不理他，隨手拉了拉鎖著阿武頸子和雙指的骨銬鎖鍊，就讓阿武疼得閉上了口。

牛頭和馬面左右挾著阿武帶他走，走了數步，馬面低聲問：「我再問你一次，那老小子是不是賣許可證給你？你作證，我就打開骨銬，讓你好受一點。」

「我跟他……只是在聊路上哪個妞兒胸前那兩顆是假奶……」阿武恨恨地說。

「好吧。」馬面點點頭，又抬頭望望夜空，說：「人世天上的月亮眞美，咱們走慢點也無妨。」

於是牛頭和馬面放慢了腳步，沉重緩慢的步伐聲隱隱迴盪在街上。阿武可沒心情賞月，馬面不時扯扯他頭後的鎖鏈，走得越慢，折騰得越久。

「小歸，那小子是誰啊？」方才觀棋的佝僂老鬼盤腿坐在電線桿上向下問著茫然佇在街邊的小孩。

「你們剛剛也見到了，只是一個剛死不久的傢伙……」小孩叫作小歸，他茫然然地搖了搖頭，看著阿武讓牛頭和馬面押著，煎熬地走向街的另一端。

嗶嗶——嗶嗶——

一陣警示鈴聲響起，馬面取出ＰＤＡ，檢視半晌，驚奇地說：「也是隻枉死鬼，怨氣很大，三個牛頭都壓不住。」

「在哪兒？快去幫忙？」牛頭問。

「車站附近的公園。」馬面盯著手上的PDA，邁開步伐奔跑起來，斜斜地朝著牆面奔去，遁入牆中。

牛頭緊跟在馬面身後，也朝著牆面奔去，阿武則讓牛頭挾在脅下，牛頭的身子潛入水中一般順利地溶進牆裡，但阿武卻像是撞著鐵板一樣地給震在牆外。

牛頭伸出一隻大手，掐住了掉落在牆外的阿武腦袋，硬往牆裡頭拉，阿武便這麼轟隆隆地猛撞了五六下牆，硬是給拉進屋裡，他覺得如腦袋碎成無數片般地疼痛，身子像是經過絞肉機又被擠出一樣。

他還沒來得及發出哀嚎，牛頭又拉著他撞進另一邊的牆上，又是一陣死拖猛拉，然後阿武讓牛頭拉到了大道上，馬面遠遠在前奔著，他們不再循著人間道路前進，而是直直地前衝，穿過一間又一間的屋子和店家。

起初阿武每每穿牆時都感到椎心般的痛楚，後來便漸漸不痛了，只是感到一陣痲癢而已，他也開始能夠定心打量起四周，他見到自己在店家和民居中穿梭，見到了各式各樣的人——叫賣服飾的店員、準備打烊的店家、聚在客廳看電視的老少、光溜著身子在床上親熱的男女。

跟著，牛頭奔到了街邊，他揪著阿武縱身一躍，像是飛了起來，越過了數公尺寬的街道，轟隆隆地落在另一端，牛頭的面前是一座公園，馬面早已奔入其中。

便連阿武也聽見公園深處傳來的鐵蹄猛踏，和廝殺打鬥的叫囂聲。牛頭手在腰間一摸，摸出一截墨黑棒子，猛一甩，立時增長四倍。阿武認得那是防身甩棍，只是牛頭手上的甩棍硬是比凡人用的甩棍粗長許多，尖端還有一個黑色骷髏。

牛頭再次奔跑，隨著廝打聲加大，阿武見到斜前方十數公尺外的草坡上，站著一個可怕的女孩，女孩的上衣和破裂的裙子都污紅一片，手臂和頭臉也是帶著髒污的紅，像是一朵紅花落在土上，讓人踐踏碎裂了的模樣。

此時的女孩卻不像花朵那般嬌弱，而是歪頭站立著，雙眼斜斜向前勾視。在她附近尚有一個摀著手臂的牛頭，和另外兩個倒坐在地上的牛頭，身上都負著輕重不一的傷。

「唔！」阿武讓牛頭挾著，動彈不得，牛頭帶著阿武，和馬面一齊向女鬼包抄逼去，阿武覺得全身汗毛都豎立了起來。他見到那枉死女鬼左邊頸子上有一道極深的裂口，像是一棵遭到了斧砍的小樹般斜斜欲斷。

女鬼的腦袋歪斜傾著，微微搖晃，血紅臉龐上那雙青森眼睛流露出強烈的怨恨，阿武和她四目交接時，忍不住發起了顫。

馬面手一甩，也是一支黑色甩棍，與牛頭左右包抄，阿武感到身子一陣飛梭，他們更加接近女鬼了，馬面當先一棍劈下，甩棍卻被女鬼牢牢抓住。

牛頭緊接著狠狠一棍砸打在女鬼左肩上，女鬼讓牛頭這棍打得雙膝彎曲、一肩低垂，但她卻沒倒地，而是悶吼一聲，反手猛扒，在牛頭胸口上扒出數條血指痕。

枉死女鬼這一扒抓，手指勾著了阿武後頸骨銬鎖鍊，將阿武硬生生拉脫出牛頭脅下，阿武飛蕩在空中，感到手臂、手指、頸子幾乎都要裂開了一般。

女鬼像頭殺瘋了的惡豹，一把將阿武騰空掐著，另一手直直朝著阿武臉上扒下。

「哇——」阿武驚愕至極，全然無法反應，所幸馬面及時自背後架住女鬼雙肩，牛頭也同時緊緊拉住女鬼的手，使她停留在阿武面前數公分處。

阿武眼前所能見到的，就是女鬼張揚在他面前的血爪，大片血紅之餘的地方蒼白而青嫩。他同時也感到女鬼提著他的手極其冰涼，一股又一股的怨毒伴隨著痛楚滲入他的頸子和臉龐。

「還不來幫忙——」馬面斷吼著，不遠處那三個牛頭也掙扎起身，奔來助陣。

「姓賴的，你給我出來——」杜死女鬼身上的戾氣暴風般爆發，掙脫了牛頭和馬面的押拿，騰空竄起，如同一陣紅色狂風，在公園草坡上飈起，馬面與四個牛頭紛紛包抄追上。

阿武在混亂中給拋甩在空中，差點便要讓女鬼一爪扒爛了臉，是那馬面情急下踹了他一腳，將他踢飛數公尺遠，撞在樹上，這才沒讓他被女鬼的血爪子劈爛頭臉。

「我靠……」阿武在地上掙扎蠕動著，在這混亂惡鬥之中，他幾乎分不清天和地，他覺得自己就像是英雄電影中讓怪物抓在手上的弱女子一般窩囊無助。

「還好吧，老兄！」

阿武感到有人拉住他的胳臂，定神一看，是個戴鴨舌帽的小孩，原來是——小歸。

「哇，很少見到這麼兇的枉死鬼。」小歸將阿武往樹後拉，看著前方牛頭馬面大戰厲鬼的激烈惡鬥，也是咋舌不已。

此時四個牛頭加一個馬面將淒厲女鬼團團圍住，四面圍捕，再無暇顧及阿武。

小歸從口袋取出一片手指長寬的褐色鐵片，鐵片上刻印著符籙文字，他將薄鐵片插入了握著阿武雙指的骨銬掌末一道縫隙中，只聽得喀啦幾聲，緊握著的指骨鬆開，使得阿武的雙手得以垂下。由於讓這骨銬鎖著一段時間，阿武一時也無法舉起雙手，只能微微晃著，藉以抒解雙臂、指節的痠麻疼痛。

接著小歸又將掐著阿武頸子的骨銬也解開，將那副骨銬拿在手上拋了拋，滿意地說：「這玩意我收下了。」

「你……你怎麼會有鑰匙？」阿武終於抬起手來，撫摸著頸子，撫摸著他臉上那數道讓女鬼抓掐出的血痕。

「嘿嘿，在底下，只要你有錢，就連『人間記錄』、『輪迴證』都能弄到手，這鑰匙算得了什麼？」小歸得意說著，一面檢視著阿武臉和頸子的血痕、雙手食指的瘀腫。

「不要緊，這些傷沒幾天就好了，來吧，我帶你下去。」

「去……去哪裡？」阿武讓小歸拉起身子，只覺得就連小歸的力氣都比他大上不少。他轉頭看了看遠處，女鬼與牛頭馬面早不知戰去何方。他覺得腰間痠麻，低頭一看，經過了方才的激烈動作，使他的腸子掉出更多，幾乎要垂到膝蓋了，他趕緊將腸子撿起，捧在手上吹氣、輕拍，小心翼翼地塞回腹中，又問：「那……我肚子上這個洞要多久才會好？」

「那個啊？」小歸拉著阿武往公園外頭走，聽他這樣問，回頭看了看他的腰，哼哼幾聲說：「生前的傷是不會好的，永遠都是那樣，不過等你死夠久了，道行夠了，就可以變化得讓人看不出來。」小歸邊說邊拿下他戴著的鴨舌帽子，頭上是茂密的短髮。

「你傷在哪裡？」阿武左瞧右瞧看不出異狀，小歸嘿嘿一笑，又戴上帽子，再揭開，本來全無異樣的腦袋上有數道人裂口，幾乎可見頭蓋骨中緩緩蠕動的紅白腦子。

「哇——」阿武嚇得一震，支支吾吾地說不出話來。

「我是從很高的地方掉下來摔死的。」小歸賊兮兮地笑了笑，繼續拉著阿武走。他們穿過了公園，在紅磚道上奔跑，小歸的步伐輕快迅捷，阿武讓他拉著跑，也覺得自己越跑越快，幾乎和街道上行駛的車子一般快了。

「小弟，你爲什麼要救我？」阿武不解地問。

「那你爲什麼要幫我？」小歸反問。

「我……我只是討厭條子而已……」阿武抓抓頭說。

「我和你一樣。」小歸笑著答：「況且，你幫了我一個大忙，我回報你而已。」

「你……你跑這麼快要帶我去哪裡？」阿武覺得自己的腳早已跟不上前進的速度，像是在空中飛梭一般了。

「陰間。」

「陰間？」

「現在這裡是陽世，是活人待的地方；死人待的地方在我們腳底下，就是陰間。」小歸回頭解釋。

「等……等一下，陰間長什麼樣子？爲什麼你和條子要帶我去一樣的地方？去那邊可以幹嘛？要怎麼去？多久才會到？」阿武連珠砲似地問。

「鬼在陽世不好躲藏，不管你怎麼跑，他們都有辦法找得到你，你下去避避風頭，他們每天要抓的鬼可不少，不久就會忘了你啦。」小歸緩下步伐，說：「啊，到了。」

「咦？」阿武站定身了，當小歸拉著他越奔越快時，他只覺得四周的景色迅速向後飛梭，像是幻影一般，此時停下，這才定了定神，環顧身邊環境，這兒是這個城市裡最繁華熱鬧、洋溢著青春活力的街區之一，電影院、服飾精品店、漫畫書店、遊樂場、餐廳等各式各樣的商店林立，無數的年輕男女在此流連忘返。

「不是吧，這裡就是陰間喔！」阿武驚愕問著，他也是這鬧區的愛好者之一。

「不是啦！」小歸嘖了一聲，指指後方，阿武回頭，身後是地下捷運站的出入口，阿武先是一愣，跟著啞然失笑：「我們搭捷運去陰間喔。」

「不是我們，是你一個人下去。」小歸說。

第二章　漆黑

「鬼差要抓你去的地方，是陰間的城隍府，你會在那裡接受訊問、塡寫『人間記錄』，每個人生前幹過哪些好事、壞事，在那時候都會一清二楚，你沒有辦法說假話。鬼差會一面聽你口述，一面替你寫下記錄，如果替你記錄的鬼差看你不順眼，他只要擅自在你的記錄上添上一、兩筆壞事、劃掉一、兩筆好事，等你進閻羅殿大審時，就有你受的了。」

「本來你就是因爲袒護我而得罪了鬼差，我是不會眼睜睜看著他們整你的，但我那個老弟最近惹了麻煩，我得守著他。你自己先下去躲一陣子，十天之後，去這地址找我，那是我在陰間的家，我處理完我老弟的事，應該就會回到那兒。到時候運氣好的話，你的記憶大概也恢復得差不多啦，我再教你怎麼弄錢，陰間和陽世一樣，沒錢萬萬不能啊……啊，不說了，我得趕快回去，你自己看著辦啦，祝你好運。」

阿武順著通往捷運月台的手扶梯向下，反覆看著手上那張記載著小歸家地址的紙片，搔搔頭，將之折好放入口袋，愼重回想著小歸的叮嚀。他來到站務人員的服務窗口前，朝裡頭做了個鬼臉，拍打著玻璃窗口，跟著翻身躍過驗票閘門，往月台去。

儘管此時已近深夜，但車站月台前仍有不少乘客趕搭捷運末班車，大家井然有序地排著隊，阿武吹著口哨，四處遊晃，順手拍打那些年輕女孩的屁股。

警示線外的燈亮起，列車進站，阿武倚靠在面對軌道的手扶梯外牆，興致盎然地看著列車進站，車門敞開，乘客們紛紛上車。

「唔！」阿武見到月台上的乘客開始向前移動，卻也有不少候車乘客一動也不動地佇留在原地，直到車門關閉，列車駛去，那些月台上剩餘的「乘客」也不以爲意，重新排起隊伍。

這末班車離去之後，捷運站人員跟著收工，直到燈光俱滅，候車月台上一道道青灰身影佇立著，阿武這才感到有些可怕，覺得四周漸漸開始有鬼片中的氣氛那樣。

「幹，有什麼好怕，我也是鬼。」阿武碎碎唸著，自我提醒著——自己也是隻鬼，還是隻肚破腸流、死狀可怖的鬼。

漆黑的候車月台微微亮起，青色迷濛的光芒發自隧道深處，隨著那逐漸逼近的車頭燈光芒更加明亮，一班通體灰白的捷運列車徐徐進站，這列車顯得異常地安穩輕盈，沒有平常捷運或者火車那種車輪與軌道的摩擦聲，而是像落葉一般飛飄進站。

阿武有些詫異，這班捷運列車外觀比他想像中溫和、樸素許多，他本來以爲那會是一班如同恐怖電影中淒慘髒紅、車燈是大大的眼球、車門突出利齒……的可怕怪車。

但此時這列車看來只像是褪了色，而且十分安靜，即便是車門開啓，也寧靜無聲，裡頭的乘客紛紛下車，一個也沒留下。

「這就是通往陰間的捷運……」阿武與那些下車乘客擦身而過，進入車廂。車廂裡也是灰白迷濛，側邊牆面上貼黏著不少小廣告，座椅、扶手則顯得有些老舊，阿武好奇地穿越一節節車廂，當他發覺車門遲遲未關，外頭的乘客仍不停擁入時，才趕緊找了個靠著走道的位置坐下。

阿武身旁坐了個滿臉病容的年輕人，雙手捏著一張照片，照片裡一男一女甜蜜相擁，男的便是這年輕人。

「喲，是你馬子啊？」阿武嘿嘿地問，他對陰間尚有太多疑問，此時滿車都是鬼，想抓幾個來問問，便隨口找話題作爲開端，但那年輕人只是漠然看了阿武一眼，並未答話。

「你馬子辣耶，你掛了還眞可惜，你上來查她有沒有另結新歡啊？」阿武調侃。

「她確實有了新的對象。」年輕人淡淡地說。

「喔，不好意思，讓我說中了……你有沒有教訓那個拐你馬子的王八蛋啊？拿來讓我看清楚這賤貨……」阿武隨口說著，伸出手要去拿他的照片。

「你嘴巴放乾淨一點。」年輕人惱怒地撥開了阿武的手。

「唔！對不起……」阿武縮回手，尷尬賠笑。

他生前是個混混，和那些朋友之間的相處應對一向輕浮無禮，習慣成自然，儘管他在陽間偷車、打架，但此時剛死不久，鬼氣不足，穿牆遁地飛天變化之類的技巧全然不懂，便連力氣也不大，在那些較他資深的鬼魂面前，他儼然成了弱者，毫無昔日氣焰，莫可奈何，即便他覺得開開玩笑也沒什麼，但見年輕人動氣，也只好識趣地道歉。

「不……我也不好，我只是將自己心情上的不愉快發洩在你身上。」年輕人推了推眼鏡，指著照片苦笑道：「她是個好女孩。儘管我的病已經沒救了，不可能好起來，她還是照顧我到最後一刻……她的新對象是我學弟，人老實又上進，是我暗中撮合他們在一起的，那是去年的事了，這次我上來看看，不錯，我很滿意，希望她永遠幸福……」

「嗯，看得出來，是個好女孩子。」阿武抿著嘴，他見到年輕人盯著照片時的眼神，就像是看著心目中的女神，不禁肅然，大氣也不敢喘一下，就怕將鼻孔嘴巴的氣息噴到了照片上。

「哼！哼哼——」坐在阿武對面那人，攤著報紙看，聽到了年輕人和阿武的對話，似乎不大服氣，他一連哼了七、八聲，終於將報紙放下。

「呃——」阿武見了他對面那人，嚇了一跳，那大叔年近半百，血流滿面，臉上插著大大小小的玻璃碎屑，牙齒脫了好幾顆。

「怎麼？小子，你嫌我難看啊，你自己照過鏡子沒有。」大叔見了阿武驚愕神情，不悅罵著。

「……」阿武想想也對，趕忙將自己嚇出的腸子塞回肚中，看看自己的雙手，上面遍布傷痕，臉孔想來也是好看不到哪裡去，他聳聳肩說：「我死沒多久，還不習慣。」

「女人啊女人……」大叔垂下了頭，嘴巴還不停呢喃，突而又抬起頭，冷笑地看著年輕人說：「小伙子，你太天真了，說不定啊，就是你女人害死你的。」

「荒謬……」年輕人莞爾笑起，搖著頭，將照片收進口袋。

「哪裡荒謬了？」大叔嗓門宏亮，指著自己的臉說：「看看我這樣子？知道是怎麼回事嗎？」年輕人和阿武都搖了搖頭。

「那個賤人，紅杏出牆！他娘的偷情就算了，還要貪我的保險金，她跟姦夫同謀，在我的車上動手腳，然後，我就變成這樣子啦。」大叔兩隻眼睛瞪得像是十元銅板，恨恨地以手指戳著自己的猙獰血臉，憤怒地說：「我這次上來，把那賤人跟那個姦夫嚇得半死不活，哈哈，過癮，下次存夠了錢，我還要再來，整死他們！哈哈、哈哈！」

阿武好奇地問：「還能這樣喔，你在陽世嚇人，條子都不管喔？」

大叔哈哈笑說：「我有申請核准的復仇證，那個賤人紅杏出牆、謀殺親夫，我把他們嚇得半死不活，一報還一報而已。」

「你的遭遇令人同情，不過也不用把天底下的女人全拖下水。」年輕人悻悻地說：「我的小娟不是那種女人。」

「二十年前，我的賤人看起來跟你女朋友就差不多，清清純純、賢慧乖巧，哈哈，人是會變的！」大叔悲憤地說。

「先生，別怪我口直，如果你放棄尋仇，現在或許已經投胎了，爲了報仇，犧牲更多，值得嗎？」年輕人對大叔這麼說著，跟著向一旁連連插口詢問的阿武解釋——死去的人可以在城隍府裡申請復仇證，向陽世的仇家進行報復，負責審理的鬼差會依照這人的人間記錄來決定是否核發復仇證，持著此證的陰魂，便能夠光明正大地向仇家尋仇。但一旦申請了復仇證，六十年內都無法拿到輪迴證，無法投胎轉世，這意即至少要在幽深的陰間當六十年的孤魂野鬼。

「哼……」大叔雙眼發紅，恨恨地說：「你們年輕，沒碰過這種事，我的怨恨無處發洩，我就是拚著不投胎，也要搞死他們，你們瞧。」大叔拿出他那張復仇證，上頭清楚記載著兩個仇家姓名，是害死他的老婆和姦夫，那兩個姓名底下，還有一欄，標明可以容許的復仇範圍，只見那兩欄中寫著同樣兩字——「償命」

「放心，我才不會眞的取他們的狗命，我在底下要努力存錢，兩、三個月就上去『玩玩』，六十年是吧，沒關係，老子有的是時間！」大叔吃了秤砣鐵了心，他見年輕人神色輕蔑，便冷笑著說：「年輕人，你以爲你書讀得多，瞧不起老哥我是吧，你以爲我還是吃了虧啦？」

年輕人搖搖頭：「各人觀點不一。不過申請復仇證，確實頗吃虧。就算你不報仇，他們死後，還是要接受審判；謀財害命，至少也要上刀山、下油鍋，你現在申請復仇證，反而將他們的罪罰一筆勾銷了，沒損到人，也不利己，怎麼想都不划算。」

大叔嘿嘿一笑，說：「年輕人，我吃過的鹽比你吃過的米還多，告訴你，我想過這一點啦，我慢慢玩，玩到那對狗男女自殺，我就賺到了。」

大叔說出自殺兩個字，坐在大叔身旁那垂著頭的女學生身子一顫，簌簌發起抖，她的眼淚滴落在按著膝的雙手上。

阿武見到學生妹的白皙的左手腕上，有道極深的紅痕裂口，傷口旁皮肉翻捲。那大叔和年輕人不約而同地停止了對話，不再作聲，學生妹似乎發覺了三個男人望向她的目光，便將右手疊上左手，遮住了那條可怖裂痕。

「阿伯，你剛剛說整到他們自殺，你就賺到了，爲什麼？」阿武迫不及待地打破沉默追問。

大叔神情彆扭，咧了咧嘴沒有出聲。

年輕人則拍了拍阿武的肩說：「不好意思，你的腸子碰到我了……」

「喔——」阿武又趕緊將他那偷跑出來、壓在年輕人襯衫衣角上的腸子塞回了腹上裂口，尷尬地說：「它在裡面很悶，三不五時要出來透透氣。」

「準備下車囉。」年輕人起身。

列車無聲地停下，車門無聲地敞開，外頭仍然是捷運月台的模樣，阿武覺得奇怪，遲疑地站起，問：「陰間到了？」

「是啊。」大叔也跟著起身往車外走。

阿武踏上月台，四顧環望，這兒分明也是捷運站的樣子，但顯得空曠陰森，座椅老舊殘破，頭頂上的燈光陰森昏黃，四周霧茫茫的，看不清遠處，且瀰漫著一股奇異怪味，他腳下的地板漆黑髒舊，像是堆積著不知多少年的髒污黑垢。

在他面前立著一面告示牌，牌上貼著捷運路線表，十分簡潔，只一條直線，兩端各自是個圓圈，圓圈下頭則是站名——「陽世」、「陰間」。

想當然爾，此時他所在的站點，便是陰間了。

噹啷、噹啷啷——

古怪的敲擊聲響自阿武背後響起，阿武回頭，原來是那女學生終於起身，她的身子仍然哆嗦發著抖，無精打采地走著。阿武這才注意到她的雙腳踝上銬著腳鐐，噹啷之聲便由此發出，女學生的步伐極緩，每一步踏出都像是拖拉著千百個不願意。

「王秀麗，裝死啊，動作快——」暴烈的怒罵聲自月台另一端響起，阿武望去，是個扠著腰的牛頭，惡狠狠地走來。

阿武陡然一驚，本能地想逃，但很快地明白這牛頭並不是來抓他的，是來抓他身後的女學生，他聽見女學生發出了啜泣聲。

女學生加快腳步，走出車門，牛頭已經氣呼呼地趕來，一把揪著女學生頭髮，啪啪就是重重兩巴掌，女學生嗚咽著不敢哭出聲，任由牛頭拖拉著走，阿武隱隱聽見他們的對話聲。

「王秀麗，妳知道我等了多久嗎？故意拖延時間是不是？」牛頭罵著。

「不是……不是……」女學生搖著頭說。

「事情辦得怎樣？」牛頭喝問。

「好了……」女學生點頭。

「什麼時候可以收到？」

「明天……或是後天……」

直到他們的對話消失在迷濛的扶梯末端，阿武這才回神，氣惱地說：「幹……這算什麼，陰間的條子一個個比狠，那妹妹犯了什麼罪，要這樣對人家？」

「自殺。」年輕人嘆了口氣說：「是很重的罪，永世不得超生……唉，眞傻。」

大叔舒伸著懶腰，從口袋掏出了菸，點燃，緩緩地吸吐，拍拍阿武的肩說：「你知道嗎？小妹妹上陽世，是去向家人託夢，要家人多燒點錢下來，讓那些獄卒、鬼差大家分一分，小妹妹受的苦就少一點……哼哼，你們現在知道，要是讓我把那對狗男女搞到精神崩潰自殺，那我這六十年丟下去，也是穩賺不賠啦。」

「大哥，分我一支吧。」阿武聞到了菸味，不由得精神抖擻起來，他在陽世幾乎聞不到人間氣味，他向大叔伸出手，卻遭到了拒絕。

「喂喂，很貴咧，小弟。」大叔向阿武擺了擺手，轉身也走向扶梯，但他遲疑了一會兒，又返回候車月台，挑了個位置坐下，神情茫然，緩緩吸吐著，呢喃自語地說：

「真是不想出去，還是陽世好，呼——」

「幹，摳成這樣！」阿武見大叔連支菸也不肯給，氣惱地轉身就走，他追著年輕人的背影，奔上電扶梯，電扶梯不會動，像是走在樓梯上一樣。

他跨著大步，翻過了無人看守的驗票閘，追上了年輕人，說：「嘿，你走真快，上哪兒去啊？」

「回家啊。」年輕人說：「我的心願已了，以後大概不會常回去了，在家裡乖乖等我的輪迴證。」

「幹，那大叔小氣的咧，一根菸都不給。」阿武氣惱地抱怨。

「你別怪那位先生，你是第一次下來吧，這裡菸可不便宜啊。」年輕人這麼說，跟著又說：「不過……我剛剛不好意思說破，那先生的計畫可能很難實現啊。」

「怎麼說？」阿武噢了一聲，知道年輕人是指那大叔想要不停往返陽世，將他老婆和姦夫逼得自殺，好讓他們永世不得超生。

「輪迴殿無時無刻擠滿了等著投胎的人，一張輪迴證要排好久才領得到，如果有人不想活在人世，自己了結生命，那他的順位會被分到最後頭，當再也沒人等投胎時，才輪到那些自殺的人，你想想，這不就等於永世不得超生了嗎。」年輕人這麼解釋，跟著說：「不過閻王、判官他們也不是傻子，倘若是被逼迫、恐嚇、極端情不得已的，也有轉圜的空間啦。所以那先生的計畫，應該是不能成功啦，以命抵命，反而還幫他老婆和姦夫化解了本來的罪刑，得不償失啊。」

「嗯，原來如此……你懂真多，你死很久了嗎？」阿武問。

「死快一年了。」年輕人搖搖頭，笑著說：「以前我是法律系的，在這裡沒事好做，就讀讀陰間的法條消磨時間，等著投胎了。」

「原來是這樣……」阿武點點頭，他倆踩著髒黃階梯向上，來到外頭，阿武咦了一聲，他望向四周街道，又轉身看入口站名招牌，這兒是剛才小歸帶他來的地方，他從這入口下去，搭上了捷運，竟卻又返回原來的地方——那個喧囂鬧區。

「不……」阿武眼睛睜大，他很快回神，發覺四周街道、建築的格局方位雖然與他熟悉中的鬧區大致相同，但有種突然之間老化了數百年、鋪灑上陳舊痕跡之感。那些建築的牆壁斑駁花亂，窗戶大都碎裂破損，街燈時青時黃，道路上堆積著各式各樣的髒污垃圾。

在這鬧區紛雜街道當中，同樣有著許許多多往來的「人」，但阿武很清楚那些人和自己一樣，是死去的人。

是鬼。

這裡，就是陰間。

「喂？喂？」阿武轉身環望，年輕人早已離去，混雜在熙攘「人潮」裡不見影蹤。阿武捏了捏拳頭，深吸著氣，抬頭，墨黑的大夾雜著暗紅雲朵，沒有星星、沒有月亮，有種沉重壓迫感。

他走入鬧區當中，與各式各樣死去的人擦身而過，此時他的鼻端能夠聞到氣味了，除了某些食物攤子發出的食物氣息之外，還夾雜著莫名的焦味、霉味、腐味、腥味等各種難聞氣息。

他經過幾處食物攤子，本來忘記的飢餓又回來了，他更加謹慎地按著腹部創口，在這兒大家見得到他，他不想讓大家瞧見他的腸子，那讓他有些難爲情。

繼續往前，道路兩邊有些商家營業，阿武走去，這兒的店家人潮與陽間鬧區不相上下，但店內販賣的東西卻有些不同，有的店裡賣著燒雞燒鵝、各式熱菜、米飯；有的店裡擺著一疊疊發糕、米餅、糯米紅龜等食物；也有的店裡賣著由各式飲料組成的花圈立牌、立塔。

阿武嘖嘖稱奇地遊覽那些商店，除了販賣食物的店家，尚有販賣各式各樣的壽衣、紙紮用品的店，也有書報攤，賣的都是陽世的報章雜誌。這書報攤十分熱鬧，許多顧客推擠著、翻動著攤上的報紙，阿武也湊上去一同翻找著，他心想既然自己是讓人活活打死的，那麼或許會上社會版面，倘若有相關報導，說不定能使他想起更多東西。

「喂喂喂，不買就別擋著位置！」書報攤老闆手上拿著一根長竿，揮拍著那些霸佔位置卻又不掏錢的客人，阿武讓長竿戳了幾下，發了火，露出混混神情，歪嘴斜眼地罵：「怎樣啦，看看不行喔，你這樣做生意的喔！」

「我就是這樣做生意，你有意見？」書報攤老闆雙眼瞪射出殺氣凶光，大聲暴喝。嚇得阿武趕緊拋下手中的報紙，向後退開，他想起陰間情形與陽世不同，自己鬼氣不足，要是隨意和人起衝突，打架可打不贏那些陳年老鬼。

阿武遠離那書報攤，沿途望著那些食物攤子乾吞口水，他皮夾中只有幾張沒用處的陽世鈔票。他取出那張寫著小歸地址的紙片，看了數遍也不知道是哪兒，想來陰間的地區、街道名稱與陽世不同；他試著向人詢問這地址，他們告訴他該先找到哪條街、再轉去某某路，他也丈二金剛摸不著腦袋，那些街、那些路，他同樣不認得，此時他也不以為意，反正小歸也得大約十天之後才會返回陰間。

他腹中的飢餓像是火一樣地燒了起來，他開始焦躁不安，加快了腳步，他留意到這鬧區中往來的人神情是那麼極端，那些手頭寬裕、大啖食物的人，臉上堆滿了喜悅滿足，而也有許多和他一樣身無分文的傢伙，只能瞪大了眼睛，嫉妒怨毒地四處遊蕩，也有不少遊魂不言不語，對周遭動靜一點反應也沒有。

他焦躁走著，見到身旁有個揹著一個大提包的矮胖男子，一手捧著燒雞，一手抓著洋酒瓶，一口燒雞一口酒，喜孜孜地走著，飢餓的阿武瞧著男子這般吃相，不但不覺得好笑，反倒羨慕極了，不由得舐了舐唇。

「嘻！」矮胖男子模樣呆拙，身上的鬼氣也十分薄弱，似乎也死去不久，他得意地晃了晃手上的金錶，向阿武挑了挑眉，像是正在享受著他人的羨慕。

突然，矮胖男子讓背後幾個傢伙撲倒在地——是二男一女三個年輕人，他們壓倒了這矮胖男子，惡狠狠地搶奪著這男子的燒雞、洋酒、提包，以及他手上的金錶。

「搶劫！搶劫啊——」矮胖男子驚慌大吼著，卻無力抵抗，只能眼睜睜地看著自己的東西讓人搶光，然後更多的人加入，有男有女，有些像是上班族、有些像是家庭主婦，也有小孩和老人，他們的目標是那三個年輕人手上的戰利品，也想要分一杯羹。

阿武讓這突如其來的場面嚇傻了眼，他在混亂中被推了一把，向後退倒，跌坐在地，那些人的神情像是餓昏了的蠶犬，奮力爭食著腐屍。

「那邊在幹什麼？」街道那端傳來暴喝，重踏奔來，是持著警棍的牛頭馬面。那些爭搶打鬧的傢伙登時哄散四竄，有些殺紅了眼的猶自邊逃邊打，有的搶得了幾塊肉，拚了命往嘴裡塞，矮胖男子哭喊咆哮：「警察大人啊，救命啊，搶劫啊——」

阿武也跟著逃跑，在與小歸會合之前，他希望盡可能地避開牛頭馬面。他閃入窄巷，屏息躲著，一面探視外頭動靜，他見到矮胖男子對著牛頭馬面哭訴遇劫的經過，牛頭馬面聽得煩了，還拿著警棍在矮胖男子的肚子上頂了一記，頂得矮胖男子跪了下來，將腹中的雞跟酒全嘔了出來。

阿武隱隱聽見矮胖男子喊著：「警察大人啊……我……我家人對我很好，只要我託夢，他們還會燒更多更多的錢給我，你們……你們一定要保護我……」

牛頭馬面這才將矮胖男子提了起來，經過一陣細碎交談，他們似乎達成了協議，一同離去，鬧街中像是什麼事情也沒發生過一般，方才上前搶奪食物的人們又紛紛從各個角落冒出，茫然遊蕩著。

「這就是陰間……」

阿武後背貼著冰涼的牆，他隱隱聽見在其他地方，也不時發生類似的鬥毆爭執，跟著又回歸寧靜，除了他以外的人對這些暴亂似乎早已習以為常，一點也不覺得奇怪。

阿武發了一會兒呆，往窄巷的另一端走，街區外的路燈閃爍昏黃，深長大道靜謐漆黑，兩側的樓宇有些窗子透露出微微的紅光、青光，或是橙黃色的光，阿武有些好奇那些窗子中住著什麼樣的人？裡頭是什麼樣的景象？

和方才的鬧區相比，大街上營業的商家並不多，那些一樓店面大都拉下鐵門，門上鏽跡斑斑。大道上偶爾會有一些汽機車駛過，阿武認不出那些汽機車的款式，只覺得車體造型過時難看、車身比例彆扭，便像是劣質模型玩具一般。

他漫無目的地向前走著，經過一處暗巷，聽見身旁小小地「轟」了一聲，是火焰燃燒的聲音。他停下腳步，只見身旁那無人暗巷裡有一叢火焰凌空燃燒著，很快便轉滅，煙團中落下一張張的紙旋散飄落，這些方紙正中央印著銀灰色方塊圖案。阿武認出那東西原來是冥紙時，嘖嘖兩聲，就想離開，但他突然反應了過來，這冥紙可正是陰間的貨幣，等同陽世的錢。他大喜若狂，連忙蹲下一一撿起，他見到每張冥紙上頭都隱隱浮現著「壹佰」字樣，這些冥紙足足有四百來張，他隨地撿了個破爛袋子，將散落一地的冥紙整疊成堆，裝入袋中，緊張且興奮地快步離開。

阿武不願轉回方才那猶如戰場的鬧區，他寧可在較爲冷僻的街邊小攤前塡飽肚子，那是個小麵攤，攤上只有一個客人，正靜靜地吃著麵，麵攤老闆疲懶地打著呵欠，偶爾攪攪鍋子中的湯。

「老闆，來碗牛肉麵，再替我切些豆干、滷蛋、海帶……」阿武伸指點著攤前小櫃中的滷菜，只覺得他此時的飢餓程度，能將這小攤櫃子裡所有的滷菜全吃乾淨。

「……」麵攤老闆並未有所動作，而是以冷冷的目光打量阿武，直到阿武不耐地催促，才說：「小子，麵要錢的。」

「廢話——」阿武感到有些憤怒，他伸手進入懷中的袋子，抓出了一小疊冥紙，重重拍在桌上，喊：「這裡有沒有酒？隨便來點什麼酒都好。」

麵攤老闆歪頭掏挖耳朵，看著阿武拍在桌上那疊錢，哼了一聲。

吃麵的客人抹了抹嘴，從口袋掏出一張方形冥紙付帳，又從老闆手中接過數張冥紙找零，客人也看了阿武一眼，微微一笑後離去。

「喂，老闆，你沒聽見我說的話嗎？」阿武對於老闆的冷淡十分不是滋味，他生前雖然沒有出入高級餐廳、豪華飯店的經驗，但他對這類小吃攤的出手尚稱闊綽，因此他生前常光顧的幾家小吃攤一見到他來，可都會熱情招呼他。

此時，他對於自己即便在這不起眼的小麵攤上，都要飽受歧視眼光，著實感到無比憤怒。他又從懷中的袋子裡抓出一大把冥紙拍上桌，跟著再抓出一把，桌上那疊冥紙已有近百張，他仰起頭，惱怒瞪著老闆說：「你擺什麼架子，嫌我錢太多啊？」

「你新來的吧，你身上全部加起來有多少？」老闆語氣仍然冷淡，還打了個哈欠。

「幹！」阿武將懷中那袋冥紙全甩在桌上，咬牙切齒地瞪著老闆。

「這些啊……」老闆又打了個哈欠，伸手撥了撥那些冥紙，又指指小櫃中的滷蛋、海帶說：「你這些錢還想喝酒？喝尿還差不多！」

「啥？」阿武大叫：「你這什麼店啊？」

老闆像是看慣了阿武這種反應，也沒答話，只是懶洋洋地伸指敲著小攤餐車桌前貼著的價目表。

阿武看向那不起眼的價目表，不禁咋舌——

豆干、海帶、滷蛋：一萬

豬耳朵、豬大腸：三萬

陽春麵：三萬

牛肉湯麵：五萬

榨菜肉絲麵：六萬

餛飩麵：七萬五千

牛肉麵：九萬

「……」阿武將他砸在小攤前的冥紙略微堆疊整好，每張面額一百，四百來張，也不過才四萬出頭。

「小子，你不識字？還是不會算數？你想好要點什麼了沒？」麵攤老闆不屑地說。

「你看我剛死不久，當我什麼都不懂，故意坑我對吧。」阿武恨恨地說。

「你覺得我坑你，可以去別家吃。」麵攤老闆斜眼看著阿武手上那堆冥紙，說：「隨地撿了點錢，就想當大爺啦？」

阿武像是洩了氣的皮球，他已無心再找別家攤子比對價目了，索性將錢疊好一擱，攤攤手說：「老闆，這些錢看夠吃些什麼，隨便上吧。」

麵攤老闆不置可否，伸手將那兩疊錢取走，隨手翻了翻，扔進腳邊一個麻袋裡，跟著將一把麵團扔入滾鍋，翻煮半晌，撈進碗裡，澆上熱水、撒些蔥花，是碗陽春麵，麵攤老闆又切了顆滷蛋，擱在麵碗裡，最後將麵放到阿武面前，自個兒又交叉著手，偶爾攪攪鍋子。

「哼……」阿武心中不滿，稀里呼嚕地吃起麵，他嫌麵湯有些清淡，便向麵攤老闆要調味罐子，阿武連要了數次，麵攤老闆才不耐地將鹽罐子重重放在阿武面前，阿武端著臉取過鹽罐子，一面撒鹽，一面隨口問著：「大叔，你在這賣麵多久啦，死很久了吧。」

「你又知道我死很久？死很久是多久？」麵攤老闆沒好氣地回答。

「你如果跟我一樣剛死不久，還這副服務態度，攤子早被砸了吧！」阿武瞪了麵攤老闆一眼。

「沒錯啊，陰間比陽世更亂、瘋子更多，打架鬧事是常有的，所以說有些攤子可以長久經營，當然自有門路，不是保護費繳得勤，就是背後有人撐腰。小子，你生前也是出來混的吧，照子放亮點，再過久一點，你就知道哪些人惹不起了。」老闆這麼說著，捏著胸前衣襟搧風，微微露出胸口一角陳舊龍鳳。

「原來是江湖前輩……」阿武哦了一聲。

「江湖前輩？小子，武俠小說看太多了吧。那時候我被一些朋友拐到大城市裡闖天下，在一個小角色身邊當跑腿，是小嘍囉中的小嘍囉，打架都是躲在最後面，再不然就是躺在地上裝死。」麵攤老闆本來對阿武愛理不理，但一提到往事，則像是變了個人似地健談起來，他見到阿武老盯著他胸口衣襟露出的刺青瞧，不由得嘿嘿地乾笑了幾聲，索性一把掀起襯衫，露出乾癟胸膛上那兩隻歪斜醜陋、糾纏成一塊的龍和鳳。

「這東西是當年我老大他女人的老弟想學刺青，我老大硬是抓我們這些小弟去讓他練習，媽的……我算是運氣好了，頭幾個刺出來的根本不能看，有些刺在手臂上，到了夏天都得穿長袖，哈哈。」老闆見阿武神情露出些許不屑，便冷笑著說：「嘿，小伙子，你知道了阿伯我是個小癟三，所以瞧不起阿伯我是吧。」

「沒啊。」阿武雖然這麼說，心中倒眞的有些不以爲然，這賣麵阿伯生前的道上地位，比阿武生前還低了些，在這陰間賣麵，架子反而不小。

「你知道那些狠角色、做大哥的、殺人放火的，現在在哪裡嗎？」阿伯這麼問。

阿武搖搖頭。

「十八層地獄。」麵攤老闆指指地，說：「在我們的下面，嘿嘿，你如果有機會下去見識、見識，就知道當個老實人有多可貴啦。」

阿武愣了愣，他當然聽過十八層地獄，不免有些心驚，他呢喃地問：「偷車……會下去嗎？」

「你偷了多久，偷過多少？」

「幾十部吧……」

麵攤老闆點點頭，又問：「殺過人沒有？強姦女人？販毒？強盜……」

「沒有、沒有……」阿武連連搖頭，摸了摸鼻子說：「嗯……打架、跟老師頂嘴，跑給條子追，這些嚴不嚴重？」

「打架？那要看是跟誰打、爲了什麼事情打，被你打的人受了輕傷還是重傷，都不一樣……」麵攤老闆想了想，說：「不過，這些事頂多在第一層捱幾下棒子，忍個一年半載就過去啦，哈！」他指指自己說：「我捱了八下，半年不能躺、不能坐。」

阿武倒吸了一口冷氣，默默不語地把麵吃完，起身離去。

街上的風清冷，人潮時而多、時而少，阿武茫然地走著，不知道自己究竟走了多久，也分不清自己離開那個麵攤子究竟是五小時，還是十小時了，他希望能夠再碰到那突然出現的火，和火焰之後落下的冥紙，但他離開麵攤之後，就沒有那麼好的運氣了。

此時他感到十分疲倦，開始打起瞌睡，對於掛在腰間的腸子也不以爲意了，他來到一處黑色樓宇的防火巷裡，倚著牆坐下，從兩端高牆的縫隙向上看，一片漆黑。

他漸漸體認到——在這裡，黑夜是無盡、黑夜是永恆；沒有希望，也沒有未來。

第二章 人間記錄

一個同樣漆黑的夜，迎面而來的風是那樣地沁涼透心。

兩台重型機車一前一後地馳騁在大道上，儘管市區道路街口密集，有許多紅綠燈，但此時已是深夜，街上車少，阿武和阿爪也因此未把紅燈放在眼裡，而是將油門催得更快，一連飆過了數個街口。

阿武突然向後揚了揚手，減緩速度，在街口綠燈轉紅之前便停下了車，阿爪緊隨在後，停在阿武身旁。

「我忘了今天不能太超過，惹來條子跟著我們去見癩皮狗，那就糟了。」阿武說。

「也對喔，要是碰上王仔就麻煩大了。」阿爪接話。

「這個時間，王仔如果不是在辦大案，應該就是在家裡騎老婆，不會在街上逛啦。」阿武哈哈笑了起來。

「哈哈……」阿爪跟著乾笑幾聲表示同意，他看著前方，若有所思，突然掀起全罩安全帽的透明面罩，拍打著他座下重機車油箱說：「曉武哥，這台車這麼棒，真的要送給癩皮狗喔？」

「當然。」阿武點點頭說：「我們這次推掉他的生意，總要給他點好處跟面子，那條瘋狗的個性你也知道，要是得罪他，我們可不好過。」

「那也不用親自去吧，見了面多尷尬，和之前一樣，把車放在老地方不就好了？」阿爪小阿武兩歲，矮阿武半個頭，跟著阿武偷車已有一年多，算得上是阿武的得力助手兼換帖兄弟。

「那怎麼行，已經跟癩皮狗約好了啦，我們快要遲到了！」阿武伸手拍了阿爪肩膀一下，紅燈轉綠，兩人催起油門，向前駛去。

五分鐘後，他倆轉入一條小巷，阿爪突然鳴按喇叭，前方的阿武立時停下，回頭。阿爪緩緩騎到阿武身旁，掀開面罩說：「曉武哥，嘴有點乾，我去買個飲料。」

「也好，別忘了替癩皮……賴爺他們買些吃的。」阿武這麼說，一面掏出皮夾，取出兩張大鈔塞進阿爪手裡，又催起油門。

「大哥，你……乾脆我們……」阿爪似乎還想講些什麼。

「動作快點，別讓他等得不耐煩。」阿武向前駛去，轉過兩個彎，騎進了那個老舊停車場。

停車場正中央停放著三輛私人汽車，一見阿武進來，三輛車的車頭燈一齊大亮，阿武躍下機車，抬手遮著那射來的強光，喊著：「賴爺，是我，阿武。」

三輛車共十二扇車門紛紛打開，下來十二個人。其中一人身材中等，年紀五十上下，兩隻小眼睛分得極開，穿著黑白相間的襯衫，他向前走了幾步，嘴巴嚼個不停，隨口吐出一口檳榔汁，跟著又從口袋掏出兩顆檳榔塞入口中。

「歹勢啦，賴爺，這次眞的不行。」阿武苦笑著，拍了拍重機車後座那皮革行李箱，無奈地說：「我只偷車，沒膽子碰那玩意兒，賴爺您這趟找別人幫您跑吧。」

賴爺走到車邊，伸手打開皮革行李箱，裡頭是滿滿的白色粉末包裝——數天前，阿武收到了賴爺的指示，要他們將這輛重型機車交給一名外地買家，那買家已經匯出款項，就等阿武交貨。

阿武一向便只是偷，不論是重型機車還是私人轎車，得手了就將車交給賴爺，賴爺自有銷贓管道。阿武手腳俐落高明，和賴爺合作半年，從未失手，這次卻不知道爲什麼，賴爺會突發奇想，要他們跑腳送貨給私人買家。

即便是腦筋轉得不夠快的阿爪，都知道其中必定大有玄機，尤其是後座側邊那額外上了鎖的皮革行李箱實在太可疑了，阿武是偷車能手，尋常的鎖又怎麼難得倒他，打開了行李箱，裡頭是滿滿的白色粉末包裝。

儘管阿武沒碰過毒品，但別說阿武，就連國中生都知道這一包一包的東西是毒品。這不是銷贓、更不是交車，是運毒。

買家要的不是車，是車上的毒，又或是兩者皆要。不論如何，阿武沒忘記他那在鄉下遊藝場打雜的老爸一見他就重複一次的耳提面命：「我教不好你、管不動你，但我還有力氣一刀殺了你。不要以爲我不知道你在外面做什麼——你在外面鬼混，那沒什麼，我以前也鬼混；你和人打架，那沒什麼，我以前也打架；你偷東西，就別被警察抓到，要是被抓到，我不會去保你……你給我聽好，有兩件事絕對不准做，一是欺負女人，二是毒品。你敢碰這兩件事，我會親手把你殺了，要是你先被警察抓到，我會衝進警局把你殺了……你老爸沒用，跛了二十幾年，沒把你教好，不過還有力氣親手殺了你……」

「他把他老爸的話背得滾瓜爛熟啊。」賴爺回頭向手下調侃地說，那十一個手下也跟著訕笑起來。

「以前我每天回家，他都跟我說一遍，有時候喝了酒，還說兩、三遍……」阿武咧開嘴笑：「想忘記都很難。」

「好、好，聽爸爸話的乖孩子。」賴爺哼哼笑著。

「事情沒辦好，這筆錢我不能收。」阿武邊說邊從褲袋掏出一個信封，遞向賴爺，信封裡裝的是他本來這趟工作酬勞的前金，他沒將工作完成，又怎麼敢收下這筆錢。

賴爺撇過頭去，並沒接過信封，阿武只好將信封交給賴爺身旁的阿豹，阿豹生得孔武有力，是賴爺的得力手下，阿豹接下信封，突然一手按住阿武的肩，一拳重重打在他肚子上，冷冷地說：「不識抬舉。」

「是……是……」阿武早料到這趟免不了要捱一頓揍，他想賴爺讓他跑這趟買賣，或許是看在他手腳俐落的份上，想提拔他，讓他有機會跟著賴爺幹些更有賺頭的事。可是他拒絕了。賴爺臉上無光，心中不悅可想而知。

阿武低頭摀著肚子，向後退了幾步，又讓兩個漢子自後頭架住，阿豹上前又朝著他的肚子補上兩拳，跟著是四記巴掌，打得阿武雙頰紅腫、眼冒金星，連聲哀求：「賴、賴爺……我知道賴爺不開心，所以另外弄了輛車孝敬賴爺，是輛好車，非常棒！」

「車在哪？」賴爺看向阿武，眼睛像隻貪婪的老鼠。

「在我小弟阿爪那，我要他去買啤酒跟零食孝敬各位大哥，他馬上把車牽來，眞的，那車眞的棒……」阿武急急說著。

賴爺哼了一聲，沒說什麼，朝重機車皮製行李箱呶了呶嘴，身旁一個手下立時上前，將行李箱中的白粉全取了出來。

賴爺的手下將那些白粉在手上秤了秤，打開一包，沾些嚐了嚐；又打開一包沾些嚐嚐，眉頭漸漸皺起。

「一共二十包，一包也沒有少……」阿武話還沒說完，又被阿豹打了一耳光。「不識抬舉。」

「你的嘴巴只會講這一句屁話嗎？」阿武讓阿豹打得有些惱火，忍不住反唇譏諷，但也只是讓自己多捱兩記更重的拳頭。

賴爺見他手下的神情有異，自個兒也拿起一包，打開袋子沾些嚐嚐，他那兩隻相距極遠的醜陋眼睛，漸漸瞇起，再睜開時，透露出強烈的憤怒。

「賴爺、賴爺……」阿武見賴爺嚐過白粉之後，露出了憤怒的神情，一顆心幾乎要停止跳動，他大概能夠猜到是怎麼一回事——

阿爪。

在阿武打開行李箱發現白粉那天，兩人著實煩惱了一整個晚上，阿爪一會兒說這是賴爺的賞識，要阿武千萬別推辭，還自作聰明地獻策既要送貨，不如動些手腳，私吞個兩、三包，再將剩下的白粉包重新分裝成二十包，不足的份量就用白糖粉末填上。

阿爪這個無腦提議當時被阿武嚴厲地拒絕了，但此時賴爺的憤怒很明顯地表示，那個貪心、沒腦的小王八蛋還是偷偷摸摸地這麼做了，或許阿爪取走不止兩、三包，他摻入充數的白糖粉末太多，因此輕易地讓賴爺和手下嚐出有異。

「好啊，聽爸爸的話啊……」賴爺莞爾笑著，照著阿武右臉頰就是一拳，跟著又一拳打在阿武的鼻子上，這拳很重，阿武的嘴和下巴立刻讓淌下的鼻血染紅成一片。

「哇——」賴爺也不是什麼搏鬥好手，他揮拳打在阿武口鼻上，指節被阿武的牙齒撞得疼痛不已，他甩著手，索性用腳踢阿武的肚子，一連踢了數腳，又揪著阿武頭髮，湊近他臉說：「好小子，你偷我的貨就算了，還在裡面摻東西，這樣你要我賣給誰？」

阿武咳著血，莫可奈何，又捱了兩巴掌，只好說：「賴爺……我幫你偷更多車……來還債……」

「說得很好聽，要是現在放你，你一定馬上跑路了吧。」賴爺揪著阿武的頭髮，連連賞他巴掌。

「不……我很講信用……我會一直幫賴爺你偷車……」阿武哀求著。

「我不信你，你害我的東西賣不出去，那我只好賣給你了，兩千萬，我現在就要。」賴爺又朝著阿武的肚子補上一拳，跟著轉身，朝著手下吩咐：「這小子當然買不起，把他押上車，要他老爸出錢。」

「不……不！」阿武這才感到極度驚恐和無助，嚷嚷著：「我老爸也沒錢啊——」

賴爺回頭，咧開嘴說：「那我就要你當著他的面，把這些全部吃光。」

「不！」阿武奮力掙扎。

剛才他毫不反抗地任由阿豹和賴爺毆打是因爲理虧，但此時情況緊迫，他知道賴爺一耍起狠，可不會手下留情，自己若是讓他們架上了車，別說開回老家，很有可能在車上就給他們整死了。阿武打架身手極好，他扭身掙開一個架著他的嘍囉，跟著又甩著另一個嘍囉撞在阿豹身上。

在其餘嘍囉尚未反應過來前，阿武已經一把拉住了賴爺的手腕，將賴爺拉近自己身邊，中年發福的賴爺怎麼會是二十出頭的阿武的對手，阿武勒住賴爺脖子，另一手已經摸出自己隨身攜帶的摺疊刀，甩開，抵上賴爺的下巴。

「讓開——」阿武大聲威嚇，一面勒著賴爺後退，就在他將要退到他的重機車停放處時，他的摺疊刀不知怎地讓賴爺奪去了——賴爺從來也不是搏鬥或是擒拿好手，阿武驚愕之餘，甚至無法立時反應，賴爺的手下像虎豹一樣地撲了過來，踢倒了他的車，將他牢牢抓著，他們此時也無須賴爺下令，紛紛揮起拳頭，朝著阿武全身上下毆打。

接下來數分鐘的毒打，像是永無止盡，拳頭、腳尖撞擊在身體上的聲音像是一連串的悶沉鼓擊聲，阿武毫無反擊之力。

「讓開——」賴爺甫回過神，摸著讓刀尖微微刺傷的下巴，怒火炙烈，低頭看著自阿武手中奪過的那把摺疊刀，他大步上前，推開兩個圍在阿武面前的手下，一刀捅進阿武肚子。

「哇——」阿武瞪大眼睛，猛力一掙，卻使得那刀在他腹上拉出一道深深口子，鮮血像是翻倒水盆一樣灑了出來。

眾人散開，阿武登時軟倒，隱隱中只見到賴爺恨恨地轉身上車，還拋下一句：「給他死。」

阿武倒臥在血泊中，已無法動彈，但打他的人卻沒有停手，賴爺的脾氣就是這樣，賴爺的吩咐他們不敢不從，深怕一下沒打死阿武，惹火了賴爺，事後就要遷怒到他們身上了。

月色皎潔，阿武只覺得身上的疼痛漸漸麻木，意識也漸漸朦朧，在他完全闔上眼睛之前，留意到了天上月亮是那麼地圓、那麼地亮。

好久好久以前，阿武和他的爸在電子遊藝場頂樓吃月餅時，也曾看過這麼圓、這麼亮的月亮。當時阿武還是個小學生，升上國中之後，正值青春期的阿武頑劣且叛逆，阿武的爸開始管不太住他了。

事實上，阿武的爸也並非什麼正人君子，賭博、傷害前科記錄落落長；阿武的叔叔吸毒吸到神智不清，插把西瓜刀在褲腰帶上，單槍匹馬地搶劫地下錢莊，被錢莊的人活活打死，阿武爸爸的一條腿，就是在趕去救他叔叔時，連帶被打斷的——這年阿武尚未出生。

阿武的爸瘸了一腿後，從遊藝場的圍事保鏢變成打雜清潔工，原本那些稱兄道弟的酒肉朋友如同煙霧消失在風中一般，再也沒有和他聯絡相聚了。

兩年之後，阿武的爸在打雜的遊藝場認識了阿武的媽，她是個無家可歸的女學生，和阿武的爸的年紀相差十幾歲——愛情是個很奇妙的東西，有時它莫名其妙地降臨在人們意想不到的地方，有時卻又離開得令人措手不及。

於是，阿武莫名其妙地在他的爸和媽相識不到一年就出生了，在他出生後第三個月的某一天，他的媽在與他的爸大吵一架離家之後，再也沒回來了。

反正他們也沒結婚，連離婚也省了。

每每當阿武的爸講到「反正沒結婚，連離婚都省了。」這句話時，都會呵呵笑個幾聲，阿武自小到大，每次聽了，也總會跟著笑上幾聲，儘管他不覺得這有什麼好笑。

即便是在夢裡，他也笑了。

然後他醒來了——還是那個地方，那個抬起頭只能看見一片黑暗的高樓防火巷內，永無白晝的陰間。

他揉搓眼睛，撐動身子站起。他不知道自己睡了多久，也不知道這究竟是他來到陰間的第二天，還是第三天。不論何時，陰間看起來都是這個樣子，永無止盡的黑暗。

他突然回神，拍了拍自己的臉，現在的他和迷濛睡著之前最大的不同，就是他本來遺忘的記憶一下子全回來了。

他想起了很多事，他的老爸老媽、阿爪、賴爺，和那一晚的事。

「幹！癩皮狗——」阿武緊握拳頭，氣憤罵著：「殺我的人是癩皮狗！還有阿爪這個混蛋，害死我了！」

阿武跳腳叫罵了好半晌，感到頭有點發昏，這才安靜下來，他知道自己仍然十分虛弱，離那碗加了一顆滷蛋的陽春麵到現在，他又有好一段時間沒有吃東西了。

「咦？」阿武喘著氣，環看四周，他有些驚喜，他的記憶逐漸回復，憑藉著四周街道樓宇分布，他能夠辨認出這裡應當屬於陽世的什麼地方，這意即他可以找到和他陽世相對應的家，甚至可以找到他的老家，或許他的跛腳老爸已經得知了他的死訊，會燒些冥紙給他也說不定。他回想起半天、還是一天之前撿到冥紙的情形，他心想自己大概撿去了某個倒楣鬼的財產，又或者那根本是無主錢財，他知道陽世人們的祭祀習慣，每年燒下來的紙錢難以計數，然而陰間居民終有一天會輪迴轉世，冥錢卻仍不停灌入，或許是如此，才造成陰間通貨膨脹，一碗牛肉麵九萬、一顆滷蛋一萬的奇景。

阿武開始朝著他生前居住的方向前進，此時他有了目標，精神也抖擻了些，有興致去仔細遊覽街上景色和商店。

街上的景色，想來是終年不變，仍舊是那殘破廢墟樣子，人潮也是時多時少，有看來邋遢茫然的遊民，也有三五成群的人群遊逛購物。

阿武此時身處的地方應當是市區之中，店家人潮雖然不及之前那鬧區密集，但也總會經過一些大型店家，阿武也會進入那些店家湊湊熱鬧。

他進入一間電器用品店，裡頭陳列著各式各樣的家電產品，大致上與陽世家電無異，但和街上的汽車同樣都有種特殊的怪異感，他走近一看，才發現那些家電用具全是紙紮物，不禁咋舌。

接下來吸引他目光的，是時下市面上最流行的電視遊樂器，陳列在店面正中央，有個小鬼正興致昂然地試玩著。

阿武走去，將頭湊近那遊樂器旁上下打量，驚愕地自語：「幹，陰間連電動都有！」他心想陰間連這最流行的電視遊樂器都有，那麼牛頭馬面穿西裝打領帶、使用PDA，也不算太奇怪了。

阿武拿起試玩台上另一對雙節手把，和那小鬼激烈對戰起拳擊遊戲，這麼一玩，就是四十分鐘，儘管屢戰屢敗，但阿武還是覺得十分滿足，除了小鬼那驕傲不屑的眼神讓他偶爾想賞那小鬼一記真實拳頭。

「去你的阿爪……你如果還有良心，最好燒個幾億下來給我，讓我在這裡過得舒服點，否則等我有機會上去，哼哼……」阿武一想到阿爪這小子偷動手腳、私吞毒品，害他被賴爺活活打死，就憤恨不已。只是這份憤恨無法轉化成電玩技術，他再次讓那小鬼擊敗，阿武放下搖桿，感到心滿意足，這時至少是他抵達陰間至今最有趣的時刻了。

他走近那擺放遊樂器的桌面，看了看標價：八百萬；他再看看大型液晶電視：一億二千萬。他氣憤地暗罵：「我幹……幾億在這裡恐怕不夠花！」

「？」阿武咦了一聲，對自己能夠準確知道自己玩了「四十分鐘」這件事感到驚喜，他的目光放在遠處牆壁掛鐘上，他進入這家電將近一小時，終於注意到手錶、時鐘這類產品了，現在他最需要的就是能夠讓他判斷時間的用具。

否則別說「十天後」與小歸會合，若是繼續在這晝夜晨昏不分、今朝明日不辨的世界裡待下去，恐怕要精神錯亂了。

阿武來到鐘錶區，令他失望的是，即便是最便宜的手錶，也要四十萬以上的冥錢，他連一毛都沒有。

「嘖嘖……」他左右看看，開始盤算起能否以「不正常」的手段取得一支手錶，他抬頭見到牆角上端架設的監視錄影器，又回頭看著遠佇門旁的服務人員，是個年輕貌美的小姐，小姐一直看著阿武，像是能夠看穿他的心思一般。

阿武只好放棄腦中「不正常取得手錶」的手段，畢竟同樣是偷竊，也有不同類別的專業，他從來沒有在讓人盯著瞧的情形下動手行竊的經驗，他想起賣麵老闆說過的話，這家電器用品店能經營得如此盛大，想必早已打通關係，能夠應付各種情況，憑他這麼一個剛死不久的枉死鬼，恐怕連那看來嬌美柔弱的服務小姐都能將他一拳撂倒。

他呼著氣，向外離去，經過門邊時還向美貌的服務小姐埋怨地說：「東西貴成這樣，我買不起啦。」

「謝謝光臨。」小姐笑著回他。

□

他看見自己在陽世的家了。

前方那條街林立的樓宇全是黑色的，有的爬滿藤蔓、有的還不停剝落焦黑碎塊，事實上整個城市、整個陰間都是這樣子的，就像是從灰燼中提起的建築模型一般。

但是他還是記得這條巷子末端，前方那四樓建築更上一層的加蓋建築，正是自己在陽世的家——這是在他數年前自鄉下搬來城市裡所租下的地方，加蓋樓層的所有人是電子遊藝場的老闆，看在他跛腳老爸勤勞工作了二十多年的份上，便宜租給阿武居住，一年多前阿武分出一間房，收留了那個比他小兩歲、因吸毒向地下錢莊借錢，還不出錢被打成豬頭的阿爪。

「不長進、不成材、恩將仇報的背骨囝仔！」阿武邊罵邊走，進入黑色公寓，向上一直抵達頂樓，只見一張木頭門板搖搖晃晃，像是風吹就要倒，比他陽世家裡的門更破舊些。

他推開門，本來的期望落空了，漆黑的房子裡空無一物，沒有任何東西，也沒有期盼中良心發現的阿爪燒給他的冥紙。

他在客廳中央發了一會兒愣，回想著生前這兒的陳設布置，破爛、髒亂到了極點，這是他的打拚基地、是他的大狗窩。

「現在他媽的反而變乾淨了……」阿武苦笑著，來到窗台處，向外眺望，打算將這兒當成他在陰間的暫時住處。

「嗯……阿爪那背骨囝仔雖然笨，但應該沒笨成這樣。」阿武看著底下街道，心想阿爪就算要燒冥紙，也不至於在家裡燒，或許在路邊、或是哪個破巷子裡，他一想到這兒，就迫不及待地想要下樓找找，深怕自己的冥紙讓其他人給撿去了。

他滿心期待地來到門邊，準備下樓，身子卻僵住了。

那兩個站在門外的高大傢伙正是牛頭馬面。

牛頭雙手交叉在胸前，馬面倚靠著牆、檢視著手上的ＰＤＡ，頭也不抬地說：「我就說他一定會回家。」

「算你贏啦，俊毅哥。」牛頭哼哼地說，一步上前，一把揪起阿武的領子。

「哇——」阿武這才從驚駭之中回神，他開始反抗，對著牛頭拳打腳踢，牛頭不動如山，緩緩抬起另一拳，轟地狠揍在阿武臉上。

阿武身子騰空，又落下，大字形地躺著，跟著他再一次讓牛頭拎了起來，這次他不敢、也再無力氣反抗。

「說，是誰幫你打開手銬？」牛頭瞪著阿武，鼻孔的氣呼呼地噴在阿武臉上，他不等阿武回答，又問：「是不是那個賣假許可證的老小子？」

「……」阿武微微睜著眼睛，假裝沒聽見牛頭的問話，他開始猶豫是不是該據實以報了。

「嗯，小子，把手銬還來，我們可以不計較你之前種種反抗，也不會怪罪那老小子犯下的劫囚重罪——如果是他的話。」牛頭在他耳邊說。

「不在我身上，但是……我可以替你找到，還給你……」阿武這麼說，手銬在小歸那兒，他說要賣個好價錢，但他止在陽世看守著老弟，想來應該還沒機會將手銬脫手。

「好。」牛頭點點頭，將阿武提下樓，樓下巷口停了一輛墨黑色座車，那車看來十分破陋，像是一個做壞了的紙燈籠，車門與車體甚至會出現縫隙。

阿武憋著笑，心想這車若在陽世，即便車門敞著、還插著鑰匙，他都懶得偷。牛頭打開門，將他塞進車裡，再轉去前座開車，馬面則與阿武同乘後座，阿武挪動身子，正覺得奇怪，車裡看來僵硬的座椅，卻也有著劣質沙發的觸感。

馬面仍操作著他那台ＰＤＡ，阿武瞥了那玩意一眼，上頭是一些名單，想來是牛頭馬面將要追捕或是捉拿的傢伙。

「想起來了沒？」馬面隨口問著，將PDA放回西裝內側口袋。

「想起什麼？」

「你的生平。」

阿武先是不語半晌，然後點了點頭，他手心發汗，問：「兩位老大，你們窮追不捨，到底要帶我上哪裡？難道……是更下面？」

「哼哼，你也知道除了這裡，還有更下面？」馬面莞爾一笑。

「有一個賣麵老闆告訴我的，除了這裡，還有更底下，到了那邊要捱棍子打，我有點好奇那一棍子有沒有比牛老大的拳頭更痛。」

「捱棍子？鞭抽、棒打是最基本的刑罰，底下的花樣可多啦……」馬面陰沉笑了，他斜斜看了阿武一眼，說：「怎麼，你生前幹過要下地獄的事嗎？」

「借別人的車子，借了不還……」阿武猶豫地說，他聽小歸說，做人間記錄時，得喝下一種茶，使人無法隱瞞生前的一五一十，此時索性便先自己招了，至少，也博個好印象。

「竊盜啊。」馬面點點頭，看向窗外，半晌才說：「看哪隻手偷的，砍了吧。你偷過幾次？」

阿武嚥了口口水，說：「偷幾次有差別嗎？我只有兩隻手。」

「當然有差，斷手用線縫上，隔天可以再砍。」馬面哈哈一笑，讓阿武背脊發冷。

「另外……別人打我，我打回去，這樣算嗎？」阿武又問。

「鬥毆，那要看情形……」馬面顯得有些不耐，拍了阿武腦袋一下說：「你問那麼多幹嘛，待會回到城隍府裡，孝公茶下肚，你做過什麼事，全都清清楚楚，你想瞎編都沒辦法。」

「我清清楚楚是一回事，寫成記錄又是一回事……」阿武挑著眉，低聲碎唸。

這墨黑色的座車輕盈駛著，車身感受不到震動，使得由車裡向外看出，有種觀看電影的虛幻感，車外的景色始終都是那黑夜廢墟模樣。

許久之後，車子停下，他們來到了馬面口中的「城隍府」，阿武罵了聲幹，那城隍府建築外觀，便是警察局，與之對應的陽世警局，阿武還曾經進來幾次。

「果然是條子府！」阿武低聲咒罵，讓牛頭推進了府裡，城隍府裡的陳設與陽世警局也相差無幾，一張張的辦公桌，還有數個高矮有別、胖瘦不一的牛頭馬面，以及好幾個胸前別著證件的雜役，忙著整理文件、清潔打掃，那些雜役與街上遊蕩的「死去的人」並無差別，想來這雜役應當算是陰間裡一份正式職業。

阿武被推至一張桌前，坐下，一個雜役將一本頗厚的黑皮本子放在阿武對面那端，黑皮本子封面上的橫寫標題正是「人間記錄」四個字。

阿武調侃地問：「還用手寫喔，陽世都電腦連線了耶。」

「有些城隍府已經在更新設備了，再等個三、五年就輪到這裡了。」雜役認真回答，又將一個紅色杯子放在阿武面前，說：「喝吧，喝下去就能想起所有的事了。」

「這就是姜公茶……」阿武看著紅杯中的茶水裡還漂浮著些許葉片和細枝，飄散著使人放鬆心神的奇異芬香。

阿武已有十數個小時未進食，除了飢餓之外，也口渴得很，他聞到茶香，立刻端起杯子，將杯中茶水喝得一乾二盡。

茶水滾滾下肚，濃郁的茶香氣息從他的鼻孔向外溢出，甚至從他身上每個毛細孔漫發出來，就連他掛在腰間的腸子似乎都是香的，他感到身子輕輕飄飄的、覺得鑽出他體膚外的，除了那濃郁茶香之外，還有他的一生。

馬面在阿武面前坐下，隨手抓起支筆，晃了兩圈，在人間記錄本的書皮上那姓名欄寫下了「張曉武」三個字，跟著看向阿武說：「伸出手來。」

「幹嘛？」阿武依言伸出一手，他見到馬面拿出一個方形印章，先在印泥盒中壓沾紅印，跟著在他手背上蓋了一個印。

「哇！」他感到手背發出一股異樣的癢，印章圖跡隱隱晃動，一隻似真似幻的九官鳥自他手背鑽出，直挺挺地站在他手背上。

「從你七歲那年說起。」馬面盯著阿武的眼睛，補充說：「先說說壞事。」

阿武一愣，他的腦袋彷彿變成強大的搜尋引擎，七歲那年的回憶一下子如潮湧現，哪一天的晚餐是什麼、學校出的作業是什麼、某次考試拿了幾分等全都歷歷在目，但是他卻沒回答馬面，他覺得這問題十分愚蠢，他問：「要我說什麼？爲什麼是七歲？」

「六歲之前的事無關緊要，你想講，閻王還懶得聽。」馬面這麼說，同時在人間記錄本裡的第一頁第一行落筆寫下「七歲」兩個字，又在第二行寫上「壞事」兩個字。

阿武猶自遲疑，不知該從何說起，他手背上的九官鳥已經開口：「九月十號，班上的李超罵我父親是瘸子，我打他。」

阿武一愣，他確實記得有這回事兒，緊接著，九官鳥又說了七歲那年發生的數十件打架、吵架的爭端瑣事，九官鳥的說話速度奇快，卻又異常地清晰易懂。只花了三分鐘，就將阿武七歲那年幹過的「壞事」道盡。

馬面並無反應，隨手寫下了「與學校同學爭執數十起。」這些字。

「喂喂，小孩子打架，怎麼你寫得這麼嚴重，果然要開始栽贓啦！」阿武緊張喊著，馬面瞪了他一眼，阿武便不敢再多說什麼，深怕激怒了馬面，替他添上幾起殺人放火的罪名。

「說吧，你做過什麼好事？」馬面俐落地說，在「與學校同學爭執數十起。」的下一行，寫下「好事」兩個字。

九官鳥振振翅，改說起阿武七歲那年做過的好事：「五月十三號，扶老太太過馬路；六月七號，公車讓座給老先生……」這次九官鳥只花了十來秒不到，就停下來了。

「無。」馬面這麼寫。

「幹！」阿武大聲抗議。

馬面對阿武的抗議充耳未聞，跳過一行，寫下「八歲」二字作為標題。

便這樣，九官鳥述說起阿武的一生，從他幼年時代開始，一直到他漸漸長大所做過的一切，隨著記錄的年歲漸長，馬面開始較為仔細地記錄起某些特殊事件，不時也會詢問阿武本身的意見，阿武更三不五時插口替自己辯解，試圖替好事欄位爭取更多面積。

儘管他從不認為自己是個好人——偷車、打架、進出警局，他很清楚自己生前的社會地位，是被歸類在「壞人」的類別中。但即使如此，他卻也很堅持自己曾經幹過的某些事，不但不是壞事，且還是大大的好事。

例如他曾經沿路追打一個搶劫賣口香糖老伯的小伙子，將小伙子打得躺在地上叫他爺爺，爲此他還被某個路過且還搞不清楚狀況的警察追逐了一整個下午；他也曾在便利商店內，將一個酒醉鬧事、伸手要剝女店員內褲的小痞子一腳踢出便利商店——自動門開啓的速度還跟不上小痞子被踢飛的速度，所以小痞子是伴隨著劇烈轟響和無數片玻璃碎片摔出去的，阿武因此而鬧進了警局，儘管有便利商店的店員替他作證，但他還是給整慘了，小痞子的親戚來頭不大，但要整到阿武這類小混混也算足夠了。

「這兩件算好事吧？」阿武堅持著。

「你去跟閻王說。」馬面哼了一聲，並未將這兩件事從壞事欄中劃去。

「幹！你有看那部電影對不對！」阿武叫著，他認爲馬面用了某部陽世警匪臥底電影的對白嘲諷他。

「我只負責記錄，你覺得有冤屈，到了閻羅殿上，再替自己辯解也不遲。」馬面這麼回答。

「黑的被說成白的，好的被說成壞的，下地獄就下地獄，你高興就好！」阿武攤著手做無奈狀，他已經被寫下數十起偷車記錄，想賴也賴不掉，心想這地獄是下定了。

「……拒絕替角頭老大賴琨運毒，遭賴琨夥同手下打死。」九官鳥說完之後，抖抖翅膀，用喙梳理起背上黑羽。

阿武一時之間有種空虛感，他的生命到了盡頭，他愣愣地看馬面寫著記錄，突然叫起：「馬老大，我犧牲了自己的生命，拒絕癩皮狗的毒品交易，這算是好事吧，怎麼你還是寫『與人鬥毆致死』，這贓栽得太大了吧！」

「如果你那時候報警抓了那姓賴的，那才是大大的好事，你只是將東西還他，還偷了一輛新車給他，啊，你不提我都漏了這一筆偷竊。」馬面這麼說，又在壞事欄裡補上一筆偷竊，抬起頭來，調侃說：「嗯，多砍一次手，熬得住啦。」跟著馬面又補充說：「你的死，是那姓賴的陽世惡徒逞凶所致，等他下來時，這筆帳會算在他頭上。」

「……」阿武心中不平，問：「我聽說有種東西叫復仇證，這玩意兒要怎麼申請？」

「不建議你申請復仇證，不過我可以幫你申請一張陽世許可證……」馬面在阿武生命結束的那一頁後，寫上「死後」二字，跟著卻沒往下，而是以筆尖指著那片空白，看著阿武說：「從這邊開始，是人間記錄的附錄，記錄著你死後的所作所爲，同樣能影響到你在底下多捱一下棍子或是少捱一下棍子。」

馬面湊近阿武，壓低聲音說：「我知道是那老小子救了你，手銬應該在他那吧，你得去給我要回來。」

「你既然知道手銬在他那兒，怎麼不自己去搶回來，你們這些陰間條子不是能夠隻手遮天嗎？」阿武摸摸手背上那九官鳥的黑毛腦袋，已完成工作的九官鳥閉口不語，漸漸隱去。

「老小子滑頭得很，我不想把事情鬧大，讓其他同行知道我丟了手銬，面子掛不住。」馬面直截了當地說。

「好吧……」阿武聳聳肩。

要他替牛頭馬面辦事，可是千百個不願意，但馬面扣著他的人間記錄，這就讓他不得不慎重考慮，至少馬面的要求並不過分，只是要拿回手銬罷了，倘若能將他拒捕、逃亡，以及小歸私藏陰差刑具、協助他逃亡這些瑣事一筆勾銷，也是個穩賺不賠的買賣。

「就這麼說定啦，不過……」阿武摸摸肚子，說：「我下來到現在，只吃了一碗麵，可以賞我個便當吃嗎？」

馬面招來了個雜役，囑咐幾句使起身準備離開，他對阿武說：「我還有一堆枉死鬼要逮，你在拘留室待上半天，等你的陽世許可證下來，我就放你上去。你如果表現好，我可以另外安排事情給你做，讓你在等待輪迴證的日子裡賺點外快。」

「我不替條子做事。」阿武扠著手，撇開頭。

馬面也沒多說什麼，很快地起身，和牛頭一同離去，雜役果眞捧了個便當過來，還附著一小罐乳酸飲料，菜色和陽世的便當相差無幾。

阿武一見便當裡有排骨、滷蛋，立時狼吞虎嚥起來，大口扒著飯，吃著吃著覺得奇怪，便向雜役問：「喂！我在外頭吃一碗麵都要好幾萬，怎麼城隍府裡隨便一個犯人便當都有菜有肉的，你們這油水也撈得太大了吧，要是有人餓昏了頭，故意鬧事被逮進來要便當吃，該怎麼辦？」

「你是進來做人間記錄的，又不是罪犯。」雜役噗哧一笑說：「況且那些因爲鬧事、作惡被逮進來的傢伙，我們又怎麼會給他好東西吃，當然是賞他一頓揍。」

「這倒是。」阿武點點頭，繼續扒起飯，他聽見一陣吵雜聲離他越來越近，抬起頭，只見到三個牛頭押著一個渾身血紅的人犯從拘留室的方向朝他走來，其中一個牛頭將一本人間記錄重重拍在桌上，對著阿武吼：「去旁邊吃，別妨礙我們辦事！」

阿武趕緊起身，他見那被五花大綁的人犯有些眼熟，只見她穿著一身血紅的上衣和短裙，腦袋歪斜低垂，竟是那天在陽世大戰眾牛頭的那個枉死女鬼。

「哇，是那個瘋婆子！」阿武退到一旁，一面扒著飯，一面呆呆看著眾牛頭圍著那女鬼。

一個雜役又端著一杯熱騰騰的姜公茶上桌，只見一個身材矮胖的牛頭一屁股坐上桌，將姜公茶震得淌出幾滴茶水，這牛頭回頭向外探看，說：「俊毅跟阿茂走了吧？」另一個牛頭說：「應該走了。」

阿武這才知道，審問他的馬面叫作俊毅，而俊毅的搭檔——那個沉默寡言、身材高大的牛頭，則是阿茂。他想想也對，城隍府裡一堆牛頭馬面，倘若沒有名字，彼此之間可是難以分辨。

矮胖牛頭觀望一會兒，確定俊毅和阿茂雙雙離去之後，嘿嘿一笑，一巴掌重重拍在血紅女鬼的腦袋上，女鬼的頸子上有一道大裂口，讓這矮胖牛頭這麼一拍，腦袋搖晃欲斷，裂口處還噴淌出血。

矮胖牛頭反手再一巴掌，將女鬼歪斜的腦袋又打回原位，惹得另兩個牛頭訕笑起來。女鬼雙眼怒睜著，她雙手和身子被鐵索緊緊綑縛，雙腳也給鎖上腳鐐，動彈不得。

「賤貨！妳再兇給我看——」另一個牛頭捏著她的鼻子，掐開她的嘴巴，矮胖牛頭端起茶杯，往她口裡倒。

茶水混著血水自她斷裂的咽喉淌了出來。

「唔！」阿武正嚼著一半截香腸，看到這一幕，差點將口中的食物嘔出。

但他仍未將視線移開，他想起自己以前在警局受到的屈辱和惡整，他想或許是因為這枉死女鬼在陽世曾經打傷了幾個牛頭，被逮之後受到這樣的待遇，也很好理解，但他還是感到憤怒。

「他媽的，原來會漏，難怪之前喝了沒啥效果！」矮胖牛頭甩著手上的茶水，他隨手拿起一卷膠帶，開始在她的頸上纏繞，一圈又一圈，將她的頸子繞得密不透風。

跟著牛頭們向雜役要來一整壺姜公茶，用同樣的手法往她口裡倒，但女鬼激烈掙扎，她的力氣相當大，一個牛頭費力壓著她的肩、一個牛頭掐著她的口，卻好幾次差點讓她咬著手。

「這張嘴巴很厲害！」矮胖牛頭索性再度拿起膠帶，纏繞起她的口，數圈之後，將她的口也繞得密不透風了。

他們開始將茶水往她的鼻孔裡灌。

「喂喂——」阿武大聲嚷嚷起來：「筆錄不是這樣做的吧！」

「這傢伙是誰？」三個牛頭一齊看向阿武，其中一個這麼問，雜役回答：「俊毅大哥帶他來做人間記錄。」

「是俊毅的人，別動他。」牛頭哼了哼，不再理睬阿武。

一壺姜公茶有一半從她的另一個鼻孔流出，另一半，便也這麼灌入她腹中了。她的雙眼連眨也未眨，只是不停淌下不知是血還是淚的液體。

阿武強捺心中不平的同時，也略感訝異，不明白爲何那枉死女鬼散發出來的怨氣是那樣強烈，儘管他自己的人生並不美滿，但是他也從未看過那樣悲淒、憤怒的神情。

姜公茶的效力發揮，枉死女鬼眼神漸漸迷濛，痛苦的記憶開始在她心中流轉。

矮胖牛頭想起尚未替她蓋上符印，便取出章，見她的雙手都被綁縛在身後，便嘿嘿笑了幾聲，一把扯開她染得血紅的上衣，將章印蓋在她胸口上。

一隻黑色九官鳥從她的胸口長出，振翅叫了幾聲，惹得另兩個牛頭都笑了，笑裡夾藏著下流的氣息。

矮胖牛頭問：「謝香婧，從妳第一次性經驗說起吧。」問完之後，他們的笑聲更大了。

在牛頭們的笑聲中，九官鳥張開短喙，阿武聽見了令他想要掩住耳朵的東西。

矮胖牛頭隨口提出的低俗問題立刻有了答案——是在她十歲那年的秋天，地點是檳榔攤後方的無人暗巷，對象是個五十幾歲的阿伯——非自願，劇烈的痛楚，和永難磨滅的恐懼記憶。

香婧雙眼迷濛，眼淚伴隨著紅血劃過臉龐，她胸口上的九官鳥兩隻眼睛無邪閃動著，黑翅偶爾撲撲拍動，三個牛頭像是也感染上某種情緒，稍稍收斂起囂張氣焰，專注地聆聽、發問，和記錄。

阿武將飯吃完，撕開乳酸飲料瓶口上的鋁箔紙，對嘴喝起，和香婧一同回到過去，從她七歲那年開始——

香婧是家中長女，底下有三個妹妹、兩個弟弟。她的爸，職業是賭徒，替這個家賺取了龐大的債務；她的媽獨立經營一個小小的檳榔攤，香婧在很小的時候就得坐在高高的轉椅上幫忙包檳榔、招待客人。

生育過多的狗媽媽，為了避免所有幼犬都餓死，會犧牲部分幼犬，以換取一部分的幼犬存活——在十歲那年、在那個秋天的夜裡，她眨著似懂非懂的紅眼睛，顫抖著、緊抱著一件嶄新的粉紅短裙，傾聽著她的媽流著眼淚對她講述這個關於小狗的故事。

侵害她的大叔是家裡的債主。

在那之後的數年之間，香婧便這麼著一次一次地替家裡償還債務，但還去舊債，新債又生，直到某一年，她的爸在賭場出老千被抓包，被人用西瓜刀和武士刀斬死。

負債終於停止向上攀升，但肥羊已死，無法累積新債，那些本來還能容忍她爸拖欠的債主們一個個豺狼虎豹似地催討起來，深怕晚一步就討不到錢了。當中某幾個習慣以香婧抵債的傢伙不再接受香婧了，他們將目標轉移至香婧的妹妹們身上。

他們並沒有得逞，香婧的媽想盡辦法，頂讓了檳榔攤，又借了幾筆新債來償還這些舊債，至於這些新債，便落到仍只是個孩子的香婧身上了。

這一年，剛升上國中三年級的香婧驟然結束課業，進入某間陰暗污穢的非法酒店工作，她比酒店老闆所期盼的更加賣力、殷勤，客人提出任何要求——無論有多麼不堪或變態——她都不會拒絕，她讓許許多多醉翁之意不在酒的客人流連忘返，她成爲那間非法酒店中最紅的陪酒小姐。

她對於自己這樣奮力、下賤地將污穢往自己身上塗抹所換取的結果感到欣慰——她償清了家裡大部分的債務，她沒讓她的妹妹們和她一樣。

被犧牲的小狗，越少越好，如果能夠的話，她一個就足夠了。

某個牛頭在記錄上寫了「二十二歲」四字，這也是香婧人生旅程中的最後一年。

桌上電話鈴聲響起，矮胖牛頭接聽，連連點頭應話，掛上電話，吁了一聲說：「差點忘了司徒老大的交代！」

九官鳥振了振翅，繼續說：「六月十三號，賴老大要我……」

「好了。」矮胖牛頭突然伸手，在香婧胸上揉擰一把，將九官鳥腳下的章印抹去，九官鳥隨之消散。

「不聽聽她說什麼？」另一個牛頭這麼問。矮胖牛頭揮了揮手，拍著那個負責做記錄的牛頭說：「反正司徒老大要我們這麼寫──」

「與已婚警察王智漢通姦，談判逼婚未果，服用藥物自殺。」

「王仔？」阿武遠遠聽著，啊了一聲。

他認識這個叫王智漢的警察，正確來說，王智漢算得上是他在陽世的死對頭，他將搶劫賣口香糖老伯的小伙子痛毆時，追了他三條街的警察，就是這個叫王智漢的傢伙。

但他聽那矮胖牛頭吩咐負責記錄的牛頭這麼寫時，卻不禁搖了搖頭，他知道王智漢不會通姦，那個跟烏龜一樣固執、跟堆積三個禮拜的頑強宿便一樣倔強、嫉惡如仇、愛妻兒勝過愛自己生命的王智漢，是不可能與人通姦的。

這個王智漢是他在陽世最不想見到，卻也是唯一讓他服氣的執法人員。

「不……」香婧的身子顫抖著，緩緩搖起頭，她本來迷濛的雙眼又轉而殷紅，她喉間發出咕嚕嚕的聲音，沙啞地說：「是那殺千刀……」

「快寫。」矮胖牛頭催促。

執筆牛頭便照著寫了，又在人間記錄之後的死後記錄補述：戾氣太重，窮凶惡極，意圖非法復仇，頑劣拒捕，攻擊陰差，造成陰差負傷……

「嗚——」香婧淒慘地啜泣起來，跟著轉爲嚎哭，頭髮飄揚，凶惡的氣息又濃烈地瀰漫開來。

「她又要發作了！」「快押進去！」三個牛頭互相催促，七手八腳地將香婧往拘留室裡帶。

阿武雖然不知道詳細實情，但他自然也猜得出來，香婧當然是被栽贓了，沒有一種自殺藥物會讓脖子裂成那樣。

自殺，永世不得超生，是極重的罪。

阿武想起捷運上遇見的那個割腕女學生，想起眼鏡年輕人和車禍大叔說過的話，忍不住拉來一個雜役，大聲叫嚷起來：「自殺永世不得超生，偷車要砍手，那條子栽贓好人呢？要怎麼罰？要不要下十八層地獄？」

三個牛頭聽了，都惱怒瞪著阿武，但他們還得緊緊押著戾氣暴發的香婧，香婧拔聲哭吼：「賴琨！殺千刀的！你不得好死，我做鬼也不放過你——」

「啊——」阿武驚愕地合不攏嘴，他想起在陽世遇見香婧時，她也是淒厲不停喊著「姓賴的」三個字，他追了上去，扯著喉嚨喊：「妳也是被癩皮狗害死的嗎？」

兩個牛頭左右架著香婧往拘留室走，矮胖牛頭突然轉身，一把揪住了阿武的頭髮，這牛頭比阿武矮了大半個頭，因此他揪著阿武的頭髮時，將阿武壓得彎下了腰。

「你就是那個姓張的吧。」矮胖牛頭側著臉打量阿武扭曲的面容，又看了看他掛在腰間的腸子。

「都忘了司徒老大也有提到你。」矮胖牛頭眼珠子骨碌轉動，沒有一絲光芒。

「司徒……老大？」阿武讓牛頭揪得疼痛不已，卻又無力反抗，他囔囔著：「誰是司徒老大，我不認識這傢伙……」

「山哥，他是俊毅哥帶來做人間記錄的……」剛才遞飯盒給阿武的雜役趕來打圓場。

「我知道。」叫作山哥的矮胖牛頭看了雜役一眼，點點頭，卻仍未放手，他指著阿武，問那雜役：「把這小子的人間記錄拿來。」

雜役有些遲疑，指著某張桌子說：「俊毅哥不讓別人動他經手的案子，他經手的資料都有上鎖。」

矮胖牛頭山哥嘖嘖了幾聲，說：「眞麻煩，你想辦法聯絡俊毅，就說這小子是司徒城隍要的人，叫他趕快回來，交出這小子的人間記錄。」

「城隍？」阿武霎時之間像是明白了什麼似地，他憤怒尖叫著：「我知道了！那個城隍他媽的收了錢是吧，還是跟癩皮狗是什麼關係，想幫癩皮狗洗脫殺人罪名嗎？太黑暗了……」

阿武還沒說完，矮胖牛頭的拳頭已經揮在他的臉上，將他一擊撂倒在地，阿武摀著臉，痛得站不起身。雜役趕緊再次提醒：「山哥……他是俊毅哥……」

矮胖牛頭哼哼一聲，推開了雜役，緩緩從腰間抽出墨黑色甩棍，說：「他是司徒城隍要的人。」

「就是他喔。」「嘿，是這小子。」那兩個將香婧帶回拘留室中的牛頭走出，聽了矮胖牛頭說的話，笑著互視了一眼，其中一個說：「那就不用給俊毅面子了。」

阿武摀著臉，從指縫間看見三個牛頭面目猙獰地向他圍來。

第四章　地下拘留室

沙沙……

在一陣由遠而近的蹄踏聲中，夾雜著同樣鮮明的嘶嘶沙沙聲，那是物體在地板上拖行的摩擦聲音。

陰森漆黑的廊道，一邊是發黃的白牆，另一邊則是有如牢房一般的柵欄隔間，這裡是城隍府的地下拘留室，廊道牆壁上的燈光起伏明滅，兩個牛頭一左一右提著阿武的雙臂，提著他向前拖行。

每隔十數步的距離，牆上便有一幅或是兩幅不知是塗繪或是刻印的壁畫，畫的都是囚犯正身受酷刑的樣子，受刑的囚犯有些肚破腸流、有些肢斷體殘、有些焦黑、有些枯瘦，和陽世某些警世勸善書中記載的地獄景象並沒有太大差異。

阿武無心去細看那些壁畫，他的腦袋低垂、臉部瘀腫，身子已無法動彈，僅能不自主地顫動著，他的腸子也在地上拖行著，而破爛上衣下露出的體膚，有些地方甚至是焦紅的，那是讓三個牛頭以陰間新型電擊棒玩虐出來的傷痕。

兩個牛頭拖著他在某間柵欄隔間前停下，取出鑰匙打開柵門，將阿武扔了進去。阿武便像是死屍一樣，歪斜地癱在地上，他吃力地微微抬起頭，空洞無神地看著牛頭將門上鎖。

牛頭見了阿武的眼神，哼哼一笑說：「你應該感謝我們，我們是在幫你上課，讓你有個心理準備，到了司徒城隍那兒才不會適應不良。」兩個牛頭笑著離去。

阿武看著爬滿大片霉斑的天花板，覺得腦袋還在嗡嗡作響，四周都微微旋轉著——他被三個牛頭用拳頭、鐵蹄鞋、甩棍，和那新式電擊棒狠狠地教訓了近一個小時，他心中塞滿了濃稠的怨恨卻又無力發洩，他太虛弱了，此時只能緩緩闔上眼睛。

他昏昏沉沉地躺著，偶爾翻動身子，使自己舒適些。

當他再度睜開眼睛時，終於有力氣能夠用雙手撐起身子。他勉力站起來到鐵柵欄邊，抓著柵欄鐵柱搖了搖，跟著靠牆坐下，他知道自己並未睡著，只躺了三、四個小時，甚至更短。但是他身上的電痕焦傷、毆打瘀傷卻復元不少，他低頭看看自己掛出體外的腸子，用手指碰碰，沙綿綿的，腸子上的焦傷已經不會疼痛；他想起馬面對他說過「斷手用線縫上，隔天便能再砍」，應當便是強調鬼魂的復元能力極強，不論多重的傷，躺上一會兒，都會復元大半，否則，那些被打下十八層地獄的惡鬼，要如何日復一日、夜復一夜地持續受刑呢？

他望著遠端一幅壁畫，畫中是一個受刑者平躺在木台上，兩個行刑鬼使合力持著一把髒鏽大鋸，來回鋸著受刑者，當阿武凝神觀望時，隱隱感到壁畫像是會動一般，他幾乎能夠聽見受刑者的慘嚎，和人鋸在骨上拉扯的吱咯聲。

「什麼拘留室，根本是他媽的監獄……不，是地獄！」他皺眉撇過頭，重重搥了鐵柵欄一下，發出磅的一聲，他將頭埋在雙膝和臂彎中，恨恨地說：「不論哪裡的條子，都是這麼黑……我眞是倒了八輩子楣……」

叩、叩叩——這幾下敲擊聲打斷了阿武的自怨自艾。

他訝異地抬起頭，側耳細聽，靜了幾秒，又是幾聲「叩叩」，聲音是自他身後牆面發出的。

「誰啦。」阿武隨口問著。

那頭的回應仍是幾聲「叩叩」，阿武將腦袋緊湊在鐵欄杆的間隙上，斜著眼睛，向旁邊望，只能稍微見到牆壁另一側的鐵欄處，隱隱飄動著血紅色的衣角，阿武一凜，他認得那是謝香婧的袖口——她那件染血的上衣。

「喂，小姐，妳就在我隔壁喔，眞巧，我有話問妳，妳也是被那個叫賴琨的黑道老大殺死的對吧。」阿武壓低聲音問，他仍然得到叩叩兩聲作爲回應。

「這樣算是還是不是？」

「叩叩。」

「妳不會說話喔？啊，對喔，妳嘴巴還貼著膠布對不對？」阿武想起香婧被押走時身上仍是五花大綁，除了雙手無法動彈外，頸子和嘴巴也仍綁縛著膠帶，此時香婧想來是用被縛於身後的雙手指節敲牆。

「妳是不是有話想說？」

「叩叩。」

阿武將臉緊貼著鐵欄，斜眼看著另一邊，他和香婧之間的牆壁只有一個手掌厚，他挪了挪身子，正面緊貼著牆，將手伸出鐵欄杆，伸向隔壁，揮了揮手說：「要不要我幫妳把膠帶撕掉？」

「叩叩。」

阿武嚥了一口口水，有些遲疑，他問：「妳還清醒吧？」

「叩叩。」

「妳不會咬人吧？」阿武想起香婧發狂時的模樣，不禁有些頭皮發麻，但他還是將手伸入隔鄰的鐵柵欄中，摸索一陣，先是摸著了香婧的髮絲，縮了縮手，再伸去，跟著他摸著香婧血膩濕濡的臉龐，他猛然一驚，將手抽回，指尖紅殷殷的。

「妳在流血耶……」阿武深深地呼吸，試圖讓自己鎮定些，他知道這些血是從香婧眼睛裡流出來的。

他又將手伸去，總算摸著了香婧的口部，那裡裹著一圈一圈的厚實膠布，他伸指在香婧嘴際臉頰上搔摳著，找著了膠布的源頭，撕開，順著黏貼方向輕輕地撕，膠布纏繞著香婧的後腦，和雜亂的髮糾纏在一塊兒，阿武著實費了好大一番工夫，才將膠布揭開至最後一圈，他順著膠布與香婧臉部黏合面的方向掀，掀至口唇處，手指微觸及香婧的唇，濕潤且富有彈性。

阿武微微一愣，他看不見香婧，只能憑藉著觸感和想像來替香婧除去口上的膠布，但她嘴唇傳來的觸感，讓阿武在極短暫的時間中忘記自己所碰觸的，是那個渾身浴血的枉死厲鬼……

劇痛！

本來一動也不動的香婧，嘴巴喀吱閉上，緊咬住阿武的手。

「幹——」阿武身子一顫，猛而將手抽回，只見到拇指根部多了一排血紅齒印。他氣極搥牆大罵：「瘋婆子！」

牆壁那端，傳來了一陣笑聲，是香婧在笑，笑裡夾雜著輕鬆，與哀淒。

阿武愣了愣，敲敲牆問：「妳到底是瘋的還是正常？」

「不知道，是瘋的吧……」香婧嘆了口氣說。

「聽起來比之前正常……」阿武也靠著牆坐下，呼了口氣。

「謝謝你替我打抱不平。」香婧的聲音從牆壁那端傳來。

「不用客氣……」阿武甩著手，乾笑幾聲說：「在家靠父母，在外靠朋友，不過妳謝謝人的方式就是咬他一口嗎？」

「開開玩笑而已，不要生氣嘛——」香婧的聲音儘管有些沙啞，但語調卻十分俏皮，是那種男人喜歡聽的調調，甚至有某種程度上的匠氣。

香婧這句與當前氣氛極不協調的說話方式，讓阿武一時間無法反應，倒是香婧自己略有醒悟，笑了笑說：「啊，不好意思，你之前應該也聽到了，我在酒店上班，跟男人說話時會有點職業病，愛撒嬌，你別放在心上……」

「啊，沒差啦！我也是出來混的，我跟酒店小姐熟得很，不過……」阿武生前倒是常看電影——他居住的那頂樓加蓋的承租房子有牽第四台線路，費用由房子的主人、他爸的僱主，也就是那個遊藝場老闆支出。

平時他閒來無事，就和阿爪兩個人窩在家裡看電視，偶爾也摟著不知哪兒泡來的妞一同看，這幾年鬼片風行，阿武也從電影裡見識過各式各樣淒厲絕倫的厲鬼扮相，瞪眼吐舌、長髮遮臉、渾身浴血、皮開肉綻的都不稀奇，但淒厲女鬼撒嬌倒是第一次見到。

「會撒嬌的鬼是聶小倩那種吧。」阿武打著哈哈說：「妳比較像是貞子、伽耶子那種，那種女鬼撒嬌很奇怪耶……」

「我還沒看過自己現在的樣子……」香婧低下頭沉默半晌，突然開口：「斧頭！」

「斧頭？」阿武不解。

「我是被斧頭砍死的。」香婧嘴唇有些發顫。

「砍妳的人就是賴琨那個爛貨？」阿武問。

「不……」香婧搖搖頭，又說：「不過也差不多了，是他手下砍的，說也奇怪，爲什麼之前我竟然會忘了呢……我死了也有好幾天了，我應該找他算帳去的……又怎麼會被那些怪物抓來這裡呢？爲什麼我要像犯人一樣被刑求？你呢？你又是誰？你也死了嗎？怎麼會知道那個姓賴的？這裡是哪裡？我要怎樣才能離開？」

阿武一時之間也不知該從何解釋起，香婧似乎對自己死後那段發狂行徑的印象模模糊糊，甚至不知道自己此時所在之處並非陽世，而是陰間。

「妳叫謝香婧對吧，我叫張曉武，妳叫我阿武吧。」阿武先自報了姓名。

「謝香婧……好久沒人這麼叫我了……」香婧說：「大家都叫我『茉莉妹妹』。」

那是她在酒店中的暱稱。

「我還香香公主咧，我還是叫妳香婧好了。」阿武哈哈幾聲，想了想說：「在我還活著的時候，我幫癩皮狗偷車，他算得上是我老闆吧。前幾天他要我幫他運白粉，但是我老爸不准我碰毒品，所以我拒絕了，準備把白粉還他，好死不死，我那個混蛋小弟瞞著我偷了一部分的毒品，被癩皮狗發覺，那條瘋狗就叫手下活活打死我……」

跟著，阿武大致將陰間的情形，和牛頭馬面、人間記錄，以及姜公茶等一一略微解釋，他啊了一聲：「妳大概是因爲喝下姜公茶，記憶恢復，人也清醒了，妳都不知道妳之前的樣子就跟電影裡的女鬼一模一樣耶。」

「嗯……」香婧此時身上仍綑縛著重重鐵鍊，她雙腿直伸、靠牆坐著，腦袋傾靠在鐵欄上，突然開口：「我要出去。」

「妳是酒店小姐喔，癩皮狗那爛貨是色情狂，該不會是在床上玩得太變態，妳不配合，他一不爽就砍人吧，哈哈，沒啦，開開玩笑，妳別生氣。」阿武以往倒也常和酒店小姐打交道，一些低級玩笑順口就溜出了嘴。

「我要出去……」香婧仍那麼說。

「這裡是陰間，妳出去還是在陰間，除非拿到陽世許可證，不過看來很難喔……」

阿武打了個哈欠。

「我要出去——」

這聲尖吼凶厲駭人，將阿武嚇得彈起，遠離牆邊。他見到一陣黑紅色的氣息從香婧那方向漫開，然後消散，就像重物落地砸起的塵埃一樣，那是香婧散發出來的戾氣。

「……」阿武又退了幾步，離香婧那方向的牆壁更遠些，嚷嚷喊著：「謝小姐、香婧妹妹、茉莉妹妹，妳冷靜點……不然牛頭馬面又要下來打人了……」

「你怕什麼……」香婧的聲音恢復平靜，她說：「你又不是害我的人，冤有頭債有主，況且你也是鬼，也是讓那姓賴的害死的，我們算是同伴才對……」

「沒錯沒錯，妳這樣想就對了……」阿武拍了拍胸脯，鎮定心神，又走回那面牆，卻不敢再貼背靠著牆了，他搔搔頭，又說：「那些死牛條子接到什麼司徒城隍的電話之後，就說妳跟王仔通姦，一定是栽贓妳對吧，自殺罪很重耶，眞他媽的……」

香婧或許也感受到阿武讓她剛才驟然暴怒嚇著了，便刻意和緩地說：「王大哥是個好警察，那姓賴的要我去陷害王大哥……」

香婧口中的王大哥，就是阿武的死對頭王仔王智漢。王智漢在警界服務多年，辦案經驗豐富、行事果斷幹練，也偵破不少大案，但升職路途就是不順遂，最大的原因就是他不應酬、不賣人情債、不逢迎拍馬屁，簡而言之就是他人緣太差，更兼天生一副臭臉，除了對著他老婆、孩子之外，王智漢很少會露出笑容。

「我爸在賭場出千被人砍死這件案子，當時就是王大哥經手辦的，當時那些債主一知道我爸死了，怕帳收不回來，討債討得比平常更兇，要不是王大哥私下一一警告那些債主，要他們收斂點，又自掏腰包拿錢給我們家應急，我媽帶著六個孩子，大概活不下去了吧……」香婧幽幽地說。

阿武哼了哼說：「王仔那麼偉大喔，結果妳還不是下海去賣了，他也救不了妳。」

「他又不是神，他只是個好警察。」香婧說：「這個世界上比他更好的人，你認識幾個？」

「沒半個。」阿武倒不否認這一點，他說：「癩皮狗確實超級賭爛王仔。我聽說癩皮狗還沒發跡以前，是小癟三中的小癟三，不能打也不能偷，想要流氓都沒人怕他，只能幫老鴇拉皮條，再不然就是賣粉給小朋友，他曾被王仔整得很慘，之後發跡成名，一喝酒就說要殺掉王仔，這大家都知道，嘿，想不到他眞敢對王仔動手啊，他要妳怎麼陷害王仔？」

「姓賴的要我勾引王大哥，弄得他身敗名裂……」香婧先是靜默片刻，像是在回想生前經過，接著才娓娓道來——

香婧還清了家中負債，開始積蓄，存下一筆不大也不小的存款，她的大妹和二妹的工作漸趨穩定，自足之餘，也能貼補家用，兩個弟弟則上了大學，課餘時間也有打工，加上母親之後重新經營的小檳榔攤的收入——這個本來幾乎要瓦裂粉碎了的家，漸漸地穩固了。香婧開始認眞考慮起改行的時機，想用她的存款做些小生意什麼的。

在這之前，她一直覺得自己從未活過，如同被母狗遺棄以成全其他兄弟姊妹的倒楣小狗那樣悲哀，但是當她有了轉業的打算時，她開始期待起許多事情。

她在每一天午後起床後照著鏡子，望著鏡子當中那個比同齡女性滄桑了些、但仍不失爲年輕貌美的自己時，她更能清楚感受到自己起伏胸口中那個年輕的脈動，她還有漫長的人生路途要走，她的生命不但沒有消失，而且才正要開始。

但是在她重生的念頭愈漸強烈時，賴琨再次來到了她工作的酒店裡，一如往常地包她出場，且對她提出了陷害王智漢的要求。在這之前，她也接待過賴琨數次，前幾次的賴琨跟其他包她出場的男人並無不同，都是那麼地猴急、貪婪、猥瑣得像頭發情的公豬；但那天晚上不同，那天晚上酒店裡的賴琨臉上始終掛著奸詐冷酷的笑容，在那時，賴琨才真正散發出一個道上狠辣老大的氣息。

那晚，賴琨仍將香婧包出了場，在賓館中又變身了五分鐘左右的豬公，完事後才又恢復狠辣，從隨身提包裡抓出一疊鈔票，扔在香婧面前。

「去勾引王智漢，我知道他曾經資助過妳家，妳約他出來，想辦法跟他上床。」賴琨這麼要求，見香婧仍然一臉茫然，便嘿嘿笑著補充。「剩下的我會安排，讓他上電視當男主角，嘿嘿！」

香婧這才知道，賴琨的意圖說穿了也沒什麼，不過就是仙人跳，只是代價當然不是從王智漢身上狠刮一筆錢，而是要刮去他警務人員的身分。王智漢人緣不佳，倘若發生了這種敗壞警紀的行爲，小隊長的身分想必是不保了，甚至只要她進一步編織些罪名，例如堅稱遭遇脅迫之類的，別說是小隊長了，王智漢大概要下監入獄了。

香婧想也不想便拒絕了，王智漢是她家上下七口都打從心裡感激的大好人。儘管她在酒店工作的數年間，歷經過最深沉的黑暗，失去許多東西，例如希望、例如人生、例如快樂，但慶幸她還保有良心——這個不值幾枚錢，卻十分可貴的東西。

她拒絕賴琨的神情語氣堅定而斷然。

賴琨像是早有準備，他從容地穿衣、抽菸，大大吐出一口混濁白霧後，露出一絲狡獪的笑容說：「妳都不回家、都不疼弟弟喔，弟弟交女朋友了都不知道。」

香婧愣了愣，她二弟確實交了一個女朋友，這是她上個月拿錢回家、順便吃飯時，從大妹口中得知的消息。這可是她那木訥二弟人生中的第一次戀愛呢，當時她本來打算找個假期，帶全家上餐廳好好慶祝一番，但此時從賴琨這傢伙的口中聽來，卻令她感到一絲寒意。

「人家是小妹妹，還沒成年喔。」賴琨嘿嘿地笑著，從口袋掏出幾張照片，扔在那疊鈔票上。

香婧看了照片，感到一陣天旋地轉。照片中是一間廉價賓館，鏡頭自上向下，正對著一張凌亂床鋪，床上是兩個年輕男女的交媾畫面，男的不需多說，正是她二弟明文，女孩容顏俏麗，看不太出實際年紀，但這並不重要，重要的是那最後一張照片——同樣是一對男女，是賴琨摟著與她二弟發生關係的女孩，兩人看來十分親密。

「妳到底看懂沒？」賴琨哈哈笑著，像是相當自豪自己這番伎倆，他說：「是我養的小馬子啦，妳弟泡上了我的小馬子，妳說這事要怎麼解決咧？」

香婧感到極度的憤怒，她衝上前揚起手朝著賴琨臉上揮去，卻讓賴琨扯著頭髮壓在床上狠狠敲了幾下後背和腦門，賴琨陰狠地說：「只要我現在撥一通電話，明天妳弟學校裡所有的人都會知道妳弟上未成年小妹妹的事，妳還搞不清楚那個小妹妹是我的人嗎？妳猜她會跟警察說什麼？如果妳不照著我的話做，妳弟就會從一個好學生，變成強姦犯啦！」

香婧憤恨得啜泣起來，她兩個弟弟——明智和明文，不但是她媽媽的希望，也是她自己，以及兩個放棄繼續升學踏入社會的大妹和二妹的希望，此時壓在她後背上的這個無賴黑道大哥，將她們家的希望緊緊抓在手上，只要稍稍使力，便能將之捏成一團稀爛臭泥。

「除了那個弟弟，妳還有另外一個弟弟外加三個妹妹，如果妳不照著我的話去做，下次要整哪一個，就看我心情，嘿嘿，誰教妳媽這麼會生……」賴琨一面說，一面緩緩起身，在這個污穢昏暗的賓館床邊坐下，斜眼打量赤裸著身子的香婧。

「怎樣，如果妳照著我的話做，當然也有好處。」賴琨這麼說著，他盯著香婧年輕的身軀，似乎還想要再一次地變身成公豬，但他沒有這種體力，此時也只好乾吞幾口口水，貪婪地在香婧彈嫩的臀上揉擰幾下，說：「我會罩著妳，現在沒人敢不給我賴爺面子，只有那個王仔，像瘋狗一樣猛追我幾件舊案子，幹——」賴琨恨恨地罵了一串污穢難聽的髒話。

香婧茫然坐起，她歪斜著頭，怨懟地說：「你直接叫你的小馬子去害他就好了，又何必繞一大圈來找我？」

「哼，妳懂什麼？好歹人家王仔幹警察幹了幾十年，沒這麼蠢，突然出現一個小馬子上門找他，他怎麼會上當？」賴琨說：「但是妳不一樣，他以前幫助過妳們家，他是妳家的大恩人。妳說有事要請他幫忙，他不會不答應的，哈哈……」賴琨對自己這番計策十分得意，口角都沾黏著白沫，繼續說：「只要妳趁他不注意，在他飲料裡下點東西，再帶他上賓館，然後打電話給我……」

深長走廊牆上的燈光黯淡詭譎，阿武靜靜聽香婧述說著不久之前發生的事。

香婧說到這裡，停下好一會兒，阿武耐不住性子問：「然後呢？妳答應他了嗎？照著做了嗎？」

香婧仍然沉默，但點了點頭，阿武當然看不見她點頭的動作，又不敢逼問，深怕又激得她發狂。

好半晌後，香婧才又開口：「我確實照他的話，陷害了王大哥……」

「哇！妳眞的……跟王仔搞了喔？」阿武忍不住這麼問。然而話一出口，他便有些後悔，他雖然看不見香婧的表情，但是他能夠隱隱感受到隔鄰牢房中發出的那陣怒意，他不知該如何形容，格鬥漫畫裡所謂的「氣」？武俠小說裡所謂的「內力」？奇幻小說裡所謂的「魔力」？鬼故事裡所謂的「陰風陣陣」？總之，他確實感受到那股凶暴肅殺氣息。

「不……」香婧不語半晌後，才接著將與王智漢相約見面那日的情形娓娓道來。

那是個陰鬱的午後，王智漢接到了香婧的電話，電話那端的她，一開始提及自己兩個弟弟都上了大學，而她也有了轉業的想法，是的，王智漢當然知道香婧這些年來從事的行業——坐檯陪酒和賣淫。這倔強刑警雖然嫉惡如仇，但他並非那些剛出社會、懷抱著純眞夢想的年輕警員，他對於這類迫不得已而沉淪於社會陰暗角落的人早已見怪不怪，他並不怎麼痛惡他們，反之讓他疾之如仇、亟欲除之而後快的是那些殘暴的行凶歹徒、犯罪組織或是販毒者。

當然，非法酒店和犯罪組織的關連之處，那又是另一回事，他不是個心思細膩的學者，他只是憑藉著生活經驗和自身判斷，認定哪些人是必須優先處理的壞蛋，哪些則不是那麼壞，在他眼中，香婧只是一個極不幸的女孩而已。

這個曾經受他資助的家庭如今有機會能夠重新站起，他感到有些欣慰，所以當他聽到香婧想要轉業，重新展開人生，但遭遇到小小麻煩時，毫不猶豫地便答應了香婧的邀約，在那間咖啡廳中見面，希望提供一些意見或是可能的幫助。

香婧暗中在咖啡裡下了藥，那是一種能夠使人迷迷糊糊的藥，然後，香婧攙扶著藥力逐漸發作的王智漢離開咖啡廳，轉入數公尺外的小賓館裡——這短短的過程中，受顧於賴琨的攝影師，自是拍下了足夠的相片。

按照賴琨的計畫，香婧將王智漢帶入賓館之後，就會竭盡所能地引誘王智漢和她發生關係，然後在王智漢仍未完全清醒的情形下倉促離去，當天晚上，各大報紙、電視台，便會收到這麼一封檢舉信函，屆時只要香婧配合戴著墨鏡和口罩在鏡頭前哭訴一番，且還提出使用過的保險套什麼的，這個人緣本便不佳的王智漢想要翻身，幾乎是不可能的事了。

然而這麼一個讓賴琨自認天衣無縫的卑劣計畫，在香婧攙扶著王智漢進入賓館房間之後起了變化，香婧按照賴琨的吩咐，在進入房間之後，將昏昏沉沉的王智漢放在床上，便撥電話向賴琨請示下一步計畫，賴琨吩咐了許多指令，諸如要如何進一步使用香婧另外攜帶的動情春藥，或是如何保留王智漢的體液證據等等。

香婧默默聽著，有時顯得遲疑猶豫，賴琨便會以她的弟弟和家人作爲要脅。

結束通話之後，香婧取出她藏在胸前的小型錄音筆，重新播放，確認錄音內容後，露出了滿意的笑容。

這是她所想到最有力的反擊方式，她只要等待王智漢清醒之後，將事情經過一五一十說出，這錄音內容便能成爲最忠實的證據，能夠證明她所做的一切，都是這個叫作賴琨的卑劣傢伙在背後威脅逼迫；而且只要在警方的幫助下，即時通知她弟弟學校師長，便能使大家相信她弟弟只是一個受騙上當的可憐蟲，而非一個強姦幼女的色魔——雖然總也不太光榮，但比起本來賴琨要她進行的勾當，卻要好上太多。

她在房中的椅子坐下，看著癱躺在床上沉沉睡著的王智漢，數著這個倔強條子大叔臉上的皺紋比起數年前似乎增加不少，頭髮則稀少了些。

房門突然喀啦一聲開了，香婧驚愕地起身，兩個持槍的男人面無表情地走入，將沾有藥物的毛巾，摀上極度震驚的香婧口鼻上。

兩個男人將她押出賓館，塞進巷口外的箱型車中。

賴琨也在箱型車中，面無表情，在他面前是一具小型螢幕，畫面正是王智漢所在的賓館房間。從香婧扶著王智漢入房，到與賴琨通話，以及之後取出錄音筆確認的動作，都被藏在房間天花板上的針孔攝影機拍得一清二楚。

賴琨未將裝有針孔攝影機一事告知香婧，純粹只是色情狂個性使然，他想要看場眞槍實彈的色情大戰，卻看見了這個看似柔弱的酒家女竟敢試圖反擊他。

箱型車車門關上，昏迷中的香婧尚不知道，她將被載往人間煉獄。

她被囚禁在一個陰暗室內，被賴琨與十數名的手下，不分晝夜地凌虐了五天。

短短五天，對香婧而言，卻像是有五個月，甚至五年那麼長。她對於自己身體上所受的非人道待遇已經幾近麻木，事實上她眞正感到自己的人生還有希望也不過是最近幾個月的事，在她大部分的生命歷程裡，她都是被遺棄的幼犬，她甚至覺得自己從未活過，一個從未活過的人，被如何對待，似乎並無所謂……

但賴琨似乎看穿了香婧的心思，因此在指使手下對香婧虐打、強暴之餘，還不停地恐嚇——要砸了她母親經營的檳榔攤、強姦她三個妹妹、公布她弟弟被仙人跳的照片，引誘她另一個弟弟吸毒等。

香婧不介意自己是如何地被撕成碎片，但她十分在意她的妹妹和弟弟們，她是被犧牲的幼犬，犧牲是爲了保存殘餘的小狗，這是她唯一的使命，而賴琨卻威嚇要摧毀她最珍視的東西，使她在身體承受極大痛苦的同時，精神也同時被不停重擊著。

「幹……」阿武聽了香婧稍稍提及了賴現與手下凌虐她的某些方式，忍不住用力踹著鐵欄杆，憤然地說：「難怪妳這麼恨他！那個癩皮狗，畜生、人渣、禽獸，就不要讓我上去，否則我一定折斷他的腳跟手！」

「他們不分日夜地虐待跟強暴我，有一天我睜開眼睛，見到的還是那個姓賴的——那個變態狂，他翻著白眼，嘴巴開開的，很噁心吧。大概是他動作太大了，把我一隻手的繩子扯鬆了，我就用這隻手，突然掐住他的脖子，手指幾乎都抓進他的肉裡……」香婧不屑地哈哈笑起：「他像個娘們一樣地尖叫。」

阿武不禁打了個冷顫，他能夠想像香婧積壓著的怨怒在那一剎那爆發的情景，那一定是有如能夠抓碎花崗岩般的一擊。

他乾笑幾聲，強裝鎮定地說：「妳抓他脖子幹嘛，怎麼不抓爆他下面，讓他下半輩子當太監？」

「那時候一下子沒想到，現在我也有點後悔。」香婧呵呵笑著說：「我也不知道當時我怎麼會有那麼大的力氣，他跟手下竟然扳不開我的手，其中一個手下拿了斧頭，本來要砍我的手，不知道爲什麼砍在我的脖子上，大概情況太混亂了吧……」

「之後的事，像是作夢一樣，直到不久之前才漸漸想通……」香婧看了看鐵欄外的牆上那幅地獄圖，圖中兩個青面獠牙的鬼卒，抬著一個面目猙獰的傢伙，要將他往油鍋裡丟，那面目猙獰的傢伙腦袋旁還有幾個註釋小字——作惡多端者。

「可惜不是真的。」香婧幽幽地說：「惡人有惡報，全都是騙人的。」

「本來就是……」阿武發出不屑的冷笑，正想大發議論，突然聽見了長廊那端傳來的腳步聲，他輕輕敲了敲牆，說：「喂，茉莉妹妹，識相點，陰間條子下來了。」

阿武說完，便縮靠在角落，低頭玩弄著自己乾澀的腸子，直到那腳步聲在他的居留鐵欄外停下時，才微微抬頭看去。

鐵欄外站著的是那對身材高大的牛頭馬面，遮住了大半的光線。馬面取出鑰匙，打開欄門，走入居留房中，在阿武面前站定身子，一雙眼睛爍爍盯著阿武。

「嗨，俊毅老大。」阿武冷冷打著招呼，卻撇過頭去。

「哈哈，你還認得出我。」這個叫作俊毅的馬面雙手插在褲袋中，問：「聽說你話太多，所以被揍了一頓。」

「幹嘛？你也想揍我。」阿武稍微坐直了些，認真考慮著假使這馬面也想要揍他過過癮，那麼他究竟該反抗，還是默默捱下？

「我沒這嗜好。」俊毅嘿嘿一笑，指著阿武身後的牆，「你跟後面那小妞認識？」

「本來不認識，現在認識了。」

「你們得罪過司徒城隍？」俊毅隨口問。

「我活著的時候，連有沒有鬼都不曉得，得罪城隍爺？我身上哪根毛得罪他了？」阿武沒好氣地回應。

「我想也是。」俊毅點點頭，在阿武身旁蹲下，直視著阿武說：「你在陽世大概有仇人，我猜是你人間記錄上那個賴姓黑道大哥。」

「眞聰明，給你拍拍手。」阿武邊說，當眞拍了兩下手掌。

「我對他有點興趣。」俊毅說。

阿武打了個哈欠，懶洋洋地說：「幹嘛，你要把他抓下來喔？那好啊，到時候把他跟我關在一起，我要把他打成肉餅。」

「我沒這個權力。」俊毅說：「不過，我確實一直想要找出這個傢伙。」

「你跟他也有過節喔。」阿武有些驚奇。

「不。」俊毅搖搖頭：「本來不應該告訴你這些，不過……讓你知道也無所謂，我想你沒有理由不跟我合作。」

「幹，我從來沒跟條子合作過。」阿武哼了一聲，又撇過頭去。

「現在另一間城隍府向我要你跟謝香婧，那間城隍府的老大，就是司徒城隍，我懷疑他在陽世養羊。」俊毅解釋，又補充說：「那隻羊，就是害死你的那個黑道老大。」

「養羊？幹，那是什麼？癩皮狗不是羊，他是一條狗！」阿武感到莫名其妙。

「『養羊』是我們這裡的用語，這麼說好了，你在下面也遊蕩了幾天，也應該知道，陰間的錢，都是陽世燒下來的。有些當差的隨便押個傢伙上陽世託夢給家人什麼，要他們燒些東西下來，就能從中撈些油水。這種舉動雖然不妥，但上頭不會管，不過如果是直接勾結陽世活人，交換利益，就叫『養羊』，這比較大條——我們陰差絕對不能干涉陽世凡人一舉一動，倘若養羊，必然得付出些好處給那些羊，例如運用鬼神之力幫助他，或者是替其欺凌特定仇人等等……」俊毅快速解釋著。

阿武啊了一聲，恨恨地說：「所以癩皮狗就是司徒城隍養的羊，他燒一堆冥紙下來賄賂司徒城隍，司徒城隍則是出力幫忙他在陽世的事業，就是這個意思吧！」

「你知道就好。」俊毅繼續說：「現在司徒城隍向我要你和謝香婧，還有你們的人間記錄，他只要竄改你們的人間記錄，他那頭羊生平做過的壞事，就無從對證了。」

「已經竄改了！」阿武有些氣憤，指著他身後那面牆，說：「老天無眼，陰間比陽世還黑，好好一個女孩子被殺死，可以寫成人家自殺，哼哼。」

「和我想得沒錯。」俊毅點點頭說：「我當陰差這麼多年，沒看過對自己斬首這種自殺方式。」

「你講這麼多，到底想講什麼？」阿武皺起眉頭：「我知道你要我幫你做事，不過我這輩子最痛恨就是條子，更痛恨當抓耙子……」

「你寧願讓司徒城隍嚴刑拷打、誣陷栽贓、被打入十八層地獄、永不超生，也不幫我？」俊毅冷冷地說：「你知道我要你幫我做什麼嗎？如果我要你幫我搞掉司徒城隍，你也拒絕嗎？」

阿武有些遲疑，他問：「你要怎麼搞掉那個司徒城隍？」

「每間城隍府都有一個城隍，有的城隍閒散偷懶、有的城隍囂張跋扈、有的城隍貪污養羊，當然也有認眞做事、大公無私的，不過最近十年，好幾個大公無私的城隍都讓司徒城隍鬥倒了，嘿嘿，我這間城隍府的城隍崇尚無爲而治，一向少做少錯，城隍府裡的事大都是我在經手，最近他想要退休了，沒有意外的話，我會接任他的位置。」俊毅的語氣掩不住興奮，手指不停搖著，像是在比劃著心中藍圖。

「要是讓我接任城隍，我會讓這間城隍府改頭換面，我想到時候，我大概會變成司徒城隍的眼中釘，他第一個想要搞倒的就是我。所以我不會把你們交出去，你要上陽世替我查清楚賴琨這個人，只要拿到證據，我就可以對付司徒城隍。」

「什麼樣的證據？」阿武問，同時嘮叨地自語：「這樣還是抓耙子啊，不過如果是要整那個什麼狗屁司徒，倒是可以商量……」

「我要賴琨跟陰間聯絡的證據，例如一場法事什麼的，或是賴琨私下有沒有陰差幫助他的事業……」俊毅這麼說，從西裝內袋中取出一支手機，交給阿武，對他說：「把過程拍下來。」

「拍下來就可以喔？」阿武覺得有趣，接過那手機把玩一番，突然像是想到什麼，說：「幹，難怪大家都說癩皮狗走狗運，才不過幾年，就從一個小癟三變成大哥，原來是有陰間條子幫忙……幹！我想起來了，他好像有一個叔公在外地開神壇。很久之前癩皮狗曾經得罪某個大哥，躲了一段時間，聽人說是去投靠他叔公，不久之後，那個大哥莫名其妙死了，癩皮狗再出來時，運氣就不一樣了。」

「好，我會盡快把你弄出去。」俊毅拍拍阿武的肩，說：「我看得出你的人間記錄雖然不怎麼光彩，不過也不是太壞……你要知道，人間記錄上的功跟過可以互相抵銷，如果你能幫我搞掉一個貪污的城隍爺，這筆帳可以寫進好事欄裡面。」

「我也要去。」阿武身後的牆壁傳來香婧的聲音，香婧本來一直沒有說話，此時突然開口：「隔壁的警察先生，我也要上去，我也知道賴琨的事，可以幫得上忙。」

俊毅想了想，答：「枉死鬼謝香婧，妳的戾氣太重，我知道妳跟賴琨有血海深仇，妳如果一個失手殺了賴琨，不但妳自己有麻煩，我也會有麻煩的。」

「不會啦……」香婧嬌媚笑聲讓人有種置身酒廊的錯覺：「生不如死不算殺吧。」

第五章　最後一次團圓

墨黑色的車在漆黑大街上寂靜無聲地前進，香婧坐在前座看向窗外，她的頭上纏繞著緊密的白色紗布，身上那套血紅色上衣則變得白淨整潔，變化樣貌本來就是鬼的基本功夫罷了，她內心的戾氣暫時止住，心情平靜，樣貌也不再那樣嚇人，眼耳口鼻也不會時時淌血了，此時的她，便和一個女大學生沒有太大差別。

阿武坐在後座，斜斜地透過後照鏡打量香婧的臉，偶爾吹吹口哨，說：「越來越美了喔——」

「專心聽。」俊毅坐在阿武身旁，搖晃著一個小背包，說：「你重複一次這些東西是做什麼用的。」

「煩咧！」阿武接過小背包，他讓手臂穿過背包帶子，將之斜斜掛在腰間，他身上的衣服仍然破爛髒臭，他的道行尚不及香婧，還無法變化樣貌，仍是那副捱了慘揍而死的鬼樣子，不過他也用紗布將腰腹纏繞綁實，至少他那條腸子不會再動輒跑出來晃蕩。

阿武打開背包，拿出手機，說：「跟你保持聯絡用的，可以拍照，還可以錄影，拍下賴琨或是他表叔作法的過程當作證據。」

俊毅點點頭，斜斜瞄了前座的香婧一眼。

阿武又從背包裡拿出一罐藥粉，說：「常常吃藥，才不會感冒。」

俊毅又點點頭，那罐藥是用來抑制冤魂戾氣的符藥，阿武必須按時餵香婧服用，以免香婧突然發狂。

俊毅補充說：「本來謝香婧的情形難以控制，但你身上鬼氣不夠，若是賴琨那位親人道行高，你可能會有危險，所以我才讓你帶著謝香婧，在必要時或許能以暴制暴。但是你要負責照顧她。你們出了什麼紕漏，我一概不承認，只能算是你們私自逃亡。」

「啊，懂啦，電影不是沒看過，條子全都是一個樣。」阿武沒好氣地說。

俊毅又問：「碰上其他陰差，你要怎麼做？」

阿武從背包掏出兩張陽世許可證，說：「立正站好，屁股翹高，乖乖接受臨檢。」

「如果有陰差刁難，你就報我名字。」俊毅滿意地說：「我沒辦法時時刻刻盯著你，你要定期向我報告行蹤，每兩天會面一次，地點是你陽世的家。」

「幹，我不爽你把我當成手下小弟，我不是你的手下小弟。」阿武大聲抗議。

「你不是替我做事，你是替你自己做事。」俊毅提醒他：「沒有我罩著，你會落到司徒城隍手上，永世不得超生，會在十八層地獄被鋸成一塊又一塊，裹上麵衣丟進油鍋裡被炸成天婦羅，讓其他鬼吃下肚再拉出來，你的仇人賴琨知道了會笑得合不攏嘴。」

「……」阿武當然難以想像這種情形，他聽俊毅提起賴琨，更是怨恨地埋怨：「我不會放過賴琨這個狗雜碎，你不讓我碰他，我一口氣嚥不下去。」

「適可而止，我會裝作沒看見，但是千萬不能弄出人命。」俊毅稍稍讓步。

車中靜默了好一會兒，只剩下牛頭阿茂轉動方向盤、換檔的瑣碎聲音，墨黑色的車駛進一條隧道，越駛越快，窗外的景象模糊飛梭，阿武覺得自己彷彿墜入了時光隧道。

不久之後，車停了下來，向外看去，仍是車潮來往不停的隧道。

俊毅伸長了手，替阿武打開車門，一陣熱浪捲來，熱得阿武連連喊燒，手忙腳亂地從背包中取出了一支摺疊傘，要探身外出。

俊毅拉住阿武，叮囑：「別忘了向那老小子要回我的手銬，如果他已經脫手賣掉，你也要他給我找回來。」

「不過就是一副手銬嘛，幹嘛這麼小氣。」

負責駕駛的牛頭阿茂突然開口：「手銬很貴，要半個月薪水，小子，不是所有陰差都收黑錢！」

俊毅補充：「錢不是問題，但我不想讓別人抓到把柄，時機上對我不利。」

「我知道，會害你升官也沒面子對吧。」阿武下車，撐開傘，四面襲來的熱風立刻減弱了八成，他關上車門，繞至另一邊。

俊毅搖下車窗，說：「張曉武，接下來就看你的了。」

「知道了長官，你等著升官吧。」阿武調侃地揚起手，學著電影裡的警察那樣向俊毅敬禮，這才打開前座車門，將香婧接下車。

車窗搖上，黑車向前駛去，沒於隧道的另一端。

阿武和香婧相視一眼，並肩向前走，遠遠望去，隧道那端閃耀亮白，是久違的陽光，但他們只要站在這傘下，便不覺得熱。阿武試探著將腿伸長些，離開傘下半尺有餘，這才感到炎熱，他對這傘的作用感到滿意，輕輕摟了摟香婧的腰，將她摟近身邊，輕佻地說：「小心不要離我太遠，會給燒死喔。」

「抱我要給錢喔。」香婧對這類輕薄動作早習以為常，「你有嗎？」

「有──」阿武哈哈笑著說：「先賒著，等我一個個去討，癩皮狗當然跑不掉，大魚留著慢慢吃。先去找阿爪，他應該怕鬼，媽的，這小子害我丟了一條命，先找他開刀。」

他們走出隧道，艷陽高照，即便撐著遮陽傘，也不禁感到有些害怕。阿武瞇著眼睛向前望去，眼前的長道讓烈日曬得熱氣蒸騰、浮影晃動，如同火燒一般，他從來也不知道白晝是這麼地可怕。

兩人在車道旁走了半晌，香婧似乎對阿武緩慢的步行速度感到不耐，反過來摟住他的腰，小跑起來；阿武開始覺得腳下虛浮，越奔越快，漸漸趕不上香婧的步伐，身旁景象向後飛梭，不一會兒，他們便出了公路，來到市街上。

阿武雖然已經決定首先去找阿爪，但他被香婧拉著跑，像是被大人牽著的小狗一樣莫可奈何，他們越過一輛一輛的車，踩著車頂奔跑，阿武感到十分不是滋味，喊著：「我們差不多時候死的，怎麼妳的法力好像比我高啊？」

「是嗎？」香婧嗯了一聲，說：「大概我死得比較慘吧。」

「可能吧。」阿武想著電影裡的鬼也的確如此，死得越慘、冤氣越重，就越厲害。

他們第一個抵達的地方，是一間高中，香婧拉著阿武穿牆而過，阿武覺得身體穿過牆時，幾乎要給扯裂了，不禁喃喃抱怨起來，他們循著長廊來到某間教室，香婧望著第二排第一個座位上的女孩，那是香婧最小的妹妹。

「我想確定他們都沒事。」香婧淡淡地說：「如果有事，我不會放了姓賴的。」

阿武不知該說些什麼來安撫香婧，他只是稍稍捏了捏背包的袋子，心想倘若香婧突然發狂，那該用什麼方式讓她將符藥吃下呢？

「要不要先去別的地方逛逛？」阿武問。

「好啊，你去啊，我想留在這裡。」香婧這麼說，此時摺疊傘的控制權早已落在她手上，阿武只能攤攤手，無奈地東張西望，「隨便，反正都死了，時間多得是。」

他們靠著學校操場旁的花圃紅磚坐下，看著那些上體育課的學生在陽光底下活蹦亂跳、嬉鬧奔跑，阿武百無聊賴，隨手撥弄花草，偶爾，他的手能夠從樹枝穿過，他覺得自己似乎抓到了些許訣竅，不由得欣喜起來，試了幾次，忽然驚叫一聲，身子仰倒，整個人穿過花圃磚牆，埋進了土裡。

但這麼一來，他又要花時間學習如何能夠隨心所欲決定「要穿」或是「不穿」，否則他沒辦法坐椅子，會一屁股跌在地上。

「鬼也不好當啊……」他七手八腳地練習，偶爾有幾個學生大汗淋漓地走來休息，阿武便會試著拔他們頭髮，試了數十次，當他終於拔下一根頭髮時，高興得呼喊起來。學生哇哇大叫，氣呼呼地和身旁同學爭論；阿武笑得樂不可支，捏著頭髮向香婧炫耀。

香婧微微笑著，又望向操場，淡淡地說：「我覺得我好像沒活過……」

「別難過，妳是個好女孩，下輩子，妳會生在一個好人家。」阿武這麼安慰她，他見香婧臉上仍帶著悲傷，便說得天花亂墜：「只要我們立下大功，爲民除害，讓俊毅當上城隍，到時候叫他幫忙跟閻王說點好話，幫妳找一家超棒的人家投胎，父母是俊男美女，又有錢、又有勢力，妳一出生就咬著金湯匙，這樣棒吧。」

「我沒那麼貪心，我只要 個像是家的家，就夠了……」香婧這麼說：「只要能夠和其他小朋友一樣上學、放學，回到家裡就有點心吃，沒有也沒關係……讓我在小孩子的時候，像個小孩子，那就行了……」

香婧在還是小孩子的時候，經歷了小孩子不應該經歷的事。

若有來生，她不想再這樣子了。

阿武覺得自己的安慰並未起什麼作用，只好指著自己說：「至於我啊，我要找個有錢老爸，還要一個會做菜的老媽，我連我老媽長什麼樣子都不知道，幹……唉……妳到底要坐到什麼時候啊？」

「對了！」香婧突然站起身，往教室走去，阿武嚇得趕緊躍起追上，深怕脫離了黑傘遮陽範圍，給曬熟了。香婧拉著他，說：「我們也去聽課。」

「不要啦……」阿武皺著眉，十分不情願，但仍讓香婧拉著跑，下一刻，又回到她小妹的教室。

香婧坐在她妹妹的桌旁，阿武便倚著香婧妹妹隔壁同學的椅子打盹，迷濛中看著香婧一雙認真的眼睛，他敷衍地稱讚著：「下輩子妳一定是個品學兼優的好學生。」

□

一直到日落西山，放學鐘聲響起，阿武才被香婧搖醒，教室裡的學生已經紛紛離校，他們也跟著離去，跟在香婧妹妹身後緩緩地走，盯著她搭上公車，然後下車。

阿武忍不住問：「妳要跟到什麼時候？我們還得去找小歸。」

香婧看著妹妹過了斑馬線，往家的方向走，急急跟上，說：「我好久沒回家了。」

在街口那端有間小小的檳榔攤子，香婧的妹妹經過檳榔攤時，向顧檳榔攤的婦人打了聲招呼，才轉入後頭的巷弄中。

阿武隨著香婧往前，見中年婦人燙著一頭鬈髮，口中還叼著菸，慵懶地包著檳榔。

「妳媽啊？」阿武問。

香婧點點頭，停佇在媽媽身旁，凝神望著她。

阿武看著天空，只見到太陽已經西下，他試著退遠些，發覺黑傘外已經不那樣炎熱了，他便在街邊舒展拳腳，踢著路旁的機車，看看香婧，只見到香婧緩緩伸出手，朝她媽媽肩上拍著，她的手指穿過她媽媽的肩。

香婧愣了愣，再次輕輕伸手一點，這一次，指尖確實觸及她媽媽的肩。

香婧的媽媽嚇得連忙回頭，看著身後騎樓來往的路人，皺眉埋怨：「是誰啊？」

「妳幹嘛嚇妳媽啊？」阿武笑罵起來。

「我媽的樣子好好笑……」香婧也忍不住笑了，眼眶中卻微微滾起淚水，她笑了半晌，跟著指著街的另一端說：「那是我二妹。」

阿武順著望去，果然見到有一個身形比香婧矮了些，樣貌有些相似的年輕女孩向這頭走來，香婧的二妹也向媽媽打了招呼，揚了揚手上的兩盒蛋糕。

「啊，今天好像是我弟的生日。」香婧領悟著說。

「大姊還沒回來啊？」二妹這麼問。

「沒啦，打電話都沒人接。」媽媽有些焦慮地將手中的檳榔一摔，又取出電話，撥打一番，碎碎罵著：「死查某囝仔，跑去哪兒啦？」

「她已經死了啦。」香婧在一旁笑著應答。

阿武看著香婧的媽媽將檳榔攤收去，返家。香婧跟在後頭，他便也跟上。他們循著樓梯向上，香婧的媽媽取出鑰匙開門，香婧一閃身就竄了進去，阿武卻給鎖在外頭，他見香婧俏皮地向他眨了眨眼，知道香婧當然不能替他開門，否則會把她媽嚇死。

阿武只好自個兒抓著鐵門欄杆奮力鑽著，他總要學會穿牆。他使出吃奶的力氣，終於擠進半邊身子，就在他感到鬆了口氣的同時，上半身突然滑過鐵門，就像是湯匙切過布丁那樣，同時，他的雙腳也陷入地板，整個人跌入二樓，且緊接著摔在一樓地板上——穿得太過頭了。

他重新上樓，反覆擠門、墜樓，一連嘗試數次，終於漸漸掌握訣竅，就在他四分之三的身子都擠入鐵門另一邊時，鐵門突然敞開，阿武差點給甩出去，他緊抓著欄杆，再盪回來。

原來是香婧的大妹偕著男友回家，且同樣提著大包小包的豐盛菜餚。

跟著，是香婧的兩個弟弟也一一回家。他們是雙胞胎，因此桌上準備了兩個蛋糕，香婧的二弟同樣攜著伴，正是賴琨讓香婧見過的照片上那未成年少女。

只見二弟摟了摟自己的女友，得意地朝他哥哥——香婧的大弟說：「哥，有沒有覺得眼睛刺刺的？」

「呿。」大弟揮了揮手，笑罵：「臭屁喔。」

香婧的媽媽、大妹、二妹自然都興高采烈地迎接二弟的小女友，香婧佇在一旁，見到年輕的女孩像是小公主一般受寵，心中當然十分不是滋味，小女孩可是賴琨威脅陷害她的幫凶之一，二弟得意地向家人介紹：「她叫作小茹。」

小小的客廳擠了八個人、兩隻鬼，自是熱絡非常。他們寒暄了一陣，媽媽早已將大妹、二妹帶來的菜餚和蛋糕布置上桌，招呼著眾人用餐。

小妹縮在一旁，不停按著手機，昂起頭來，說：「媽，大姊的電話都撥不通。」

「等一下再打，先吃飯。」媽媽的神情流露出些許陰鬱。

大妹的男友看來成熟穩重，先挾了些菜進大妹碗裡，隨口問：「原來妳上面還有個姊姊，她是做什麼的？」

大妹有些尷尬：「她工作很忙，沒時間回家。」

「她在旅行社工作，時常要帶團，現在應該在國外吧。」二妹插嘴解釋。

跟著大夥兒聊起生活瑣事，聊到大弟上個月在網路上向同學告白，卻慘遭拒絕的糗事，笑聲像是炸彈一樣爆開。

「趕快唱生日歌，我要吃蛋糕啦！」小妹對大妹帶回的現成菜餚似乎沒什麼胃口，只急著想嚐嚐那兩個蛋糕，一個是巧克力冰淇淋蛋糕，一個是鋪滿各種水果的藍莓口味蛋糕。

「好啦，先吃蛋糕啦，待會我們還有事，沒辦法待太久。」二弟也這麼附議。

其餘人也沒意見，小妹自作主張替兩個蛋糕點了蠟燭，跟著將客廳的燈也關上。

兩個蛋糕上的燭火緩緩飄搖，由大妹帶頭，領著大家唱起生日歌，每個人的臉上都掛著笑意，快樂的氣氛像是濃密的鮮奶油似地塗抹開來，阿武也感染了歡欣的氣氛，他跟著拍起手，搖頭晃腦地起鬨合唱。

同在客廳裡的香婧，卻像是熱可可中漂浮著的一塊冰；她嘴角微微揚著，卻不像是在笑；她也跟著拍手，但並無鼓舞的熱烈；她凝視著燭火，像是看著遠去的列車，車上載著的是所有美好的事。

阿武察覺了香婧的神態，拍拍她的肩，問：「怎麼了？」

「沒有。」香婧搖搖頭，淒然一笑，說：「現在這個家很快樂，就夠了……從前那些不快樂，那些髒的、臭的、壞的、醜的，都讓我帶走吧……」香婧呢喃自語，垂下了頭，輕輕闔眼，再睜開時，目光變得銳利，直視向二弟的女友小茹。

「都讓我帶走……」香婧的眼瞳流露出死寂的氣息。

「許願、許願！」大妹、二妹催促著兩個弟弟，他們閉起了眼睛，雙手交握，所有人都凝神看著兩個大男生閉目許願，看他倆哪個先開口吹熄蠟燭。當然，沒有人見到站在小茹身後的香婧伸出雙手，搭上小茹肩頭，輕拂著小茹的頸子。

「喂喂——」阿武連忙抓住香婧的手，卻拉不動她，只能急道：「妳想幹嘛……」

「都讓我帶走……」香婧緩緩轉頭，瞥了阿武一眼，她的右眼已經看不清眼瞳，而是紅通一片。

「幹！」阿武抖了一下，陡然想起自己早已忘了那能夠壓制凶暴戾氣的符藥，他連忙探手掏摸背包，取出那符藥罐子，同時急急勸解：「妳忘了條子老大說的話啦？妳如果殺人，我們就完了，不但整不到司徒城隍，更沒辦法向賴琨報仇！」

「……」香婧歪斜著頭，神情淡然，輕輕搔拂著小茹的白頸，像在撫摸小貓。

香婧頸際雪白的紗布透出殷紅，向下淌開，領口、胸肩、腰腹、裙子，一直到大腿，紅血滴答落地。

「乖，嘴巴張開！」阿武用手指自藥罐子中挖出些許藥粉，往香婧口裡塞。

小茹感到有些窒悶，她拍了拍自己的胸口，咳起嗽來。

大弟和二弟先後吹熄了蠟燭，室內漆黑一片，只聽見小茹一聲一聲地咳嗽。

「怎麼了？」「嗆到了？」「開燈吧。」

小妹到了電燈開關前，按下，燈光卻沒即時大亮，而是閃爍不定。

「咦？燈壞了。」小妹連連按著開關，客廳閃爍的光線愈加激烈，青的、黃的、極亮和漆黑交錯，所有人不約而同地靜默，互相對視，大家都感到那股詭譎不安。

「妳給我放手啊——」阿武的手指還塞在香婧口中，他索性將藥罐子往手上倒，讓藥粉順著他手指縫落入香婧口中，同時，他一猛拉，總算將香婧向後拉開一大步。

燈光終於亮起。

「嘶——」小茹深深吸了一口氣，她的眼睛張得極大，臉漲得通紅，見到眾人都望著她，尷尬地連連搖手，解釋：「咳咳……好像是……哽到什麼東西……咳！」

二弟趕緊拍著小茹的後背，大妹二妹也連忙遞去茶水、紙巾，這小小的騷亂在下一刻便給拋出千里之外，大家分切起蛋糕，大聲暢聊著。

香婧茫然坐倒在地，頭臉、身上的血污已然消退，臉色青慘黯然，阿武緊張地按著香婧的手臂，深怕她又突然暴起，他看看手上只剩半罐的藥粉，不知是否該多餵些，他輕聲說：「好一點了沒？」

「啊，我要那塊！」小妹尖叫，指著媽媽盛入盤中的那塊蛋糕，上頭的奇異果、草莓、水蜜桃、櫻桃擠得密密麻麻。

「這塊留給大姊。」媽媽若有所思地說。

「是她自己不回來的！」小妹抗議。

媽媽卻未理她，低頭呢喃白語，捧著那塊蛋糕步入廚房。

「喂，有蛋糕吃耶。」阿武將香婧拉了起來，扶著她往廚房去走，看著香婧的媽媽緩慢地將蛋糕放入碗公中，以保鮮膜仔細包裹，卻未有下一步動作，而是輕揉著眉心，呢喃祝禱。

「妳等著，我拿蛋糕給妳。」阿武將香婧拉到牆邊，按了按她的肩，拍拍她的臉，跟著從背包中取出一個小袋，捏出一小撮香灰，他來到流理台旁，對著那盛有蛋糕的碗公，將手中的香灰朝碗公鼓氣一吹，只見到香灰在空中迷濛散開。

阿武伸手抓朝碗公抓去，抓了三下、四下，碗公中的蛋糕沒有任何變化，但是阿武的手上卻多出同樣一塊蛋糕，只見蛋糕影像飄搖渙散，如同海市蜃樓的虛幻浮影，阿武舔了一口蛋糕上的鮮奶油，驚喜地說：「還真的是蛋糕耶！」

這香灰也是傻毅一同交給他的用品之一，陰間的鬼上了陽世，想吃東西，諸如酒菜、燒雞，只要以祭祀用的線香覆蓋住食物周圍，便能嚐到同樣的燒雞、酒菜，但並非隨時都有祭祀線香，因此陰間也販賣著這麼一種特製的香灰，效果相同。

阿武捧著那塊讓他捏得有些變形的蛋糕，遞給香婧，但香婧不接，他捏起一顆櫻桃湊向香婧口邊，香婧仍然不吃。

二妹心思較細膩，察覺媽媽心情有異，跟著媽媽走入廚房，問：「怎麼了，媽？」

「妳大姊的電話都打不通，我好擔心她啊……」香婧的母親神情茫然，眼睛中是滿滿的焦慮擔憂。

「大姊不是第一次這樣，她常常都找不到人啊。」二妹拍著媽媽的肩，說：「來，出去吃蛋糕。」

「不……」媽媽搖搖頭，眼眶中盈起淚水：「這一次不一樣，很奇怪……我有不好的預感……」

「別想太多啦，再不然……」二妹苦笑著說：「明天我去她店裡問問。」

「妳別去……明天我自己去好了。」媽媽茫然地說：「那種地方妳別去。唉……我……對不起妳大姊啊……」媽媽這麼說時，嗚咽一聲就要哭，但像是怕讓外頭的人聽見，因此只是沙啞地抽噎幾聲。二妹又安慰了一陣，將香婧的蛋糕收入冰箱，將媽媽帶出廚房。

香婧低著頭，佇立原地，默默不語，許久才輕嘆一聲，閉起眼睛，身影向後飄移，穿過了牆，穿過鐵窗，飄浮在後陽台外的空中，看著遠方街景。

阿武還不會飛，只能硬撞過後陽台的門，擠出鐵窗，緊抓著欄杆，將蛋糕舉向香婧，喊著：「妳媽留給妳的蛋糕，快吃啦，不然我吃掉喔。」

香婧微微笑著，看著天空說：「其實有些時候，我很不甘心，常常一個人哭，為什麼我是被犧牲的那一個，為什麼我不能擁有屬於自己的人生，為什麼人家可以開開心心地活，我卻要這麼痛苦……就好像是……剛出生就已註定這一生是不幸的……」

「沒辦法啊，很多人沒得選擇。」阿武附和著：「如果我能選擇，我也不會選一個跛腳的過氣混混當我老爸；如果我能選擇，我也不會選擇生在電動遊藝場他媽的臭廁所裡。我學會說的第一個字就是『幹』，我老爸說我還是小嬰兒的時候，躺在櫃台的搖籃裡，第一次說出『幹』這個字的時候，轟動了整間店裡的客人，一堆人塞紅包給我老爸，搶著要聽我說一聲『幹』，說是可以帶來他媽的好運。我哪裡知道同樣一個字，在學校裡說，就會被老師狂揍。」

「哈哈。」香婧莞爾一笑，說：「沒錯，就是沒得選擇，你和我一樣，都是一出生，頭上就被寫上了『不幸』兩個字。」

「嗯，吃蛋糕吧。」阿武伸長了手，將塊蛋糕伸得更遠。

香婧仍未接過蛋糕，她看著天空上的月亮說：「矛盾的是，當我見到弟弟妹妹一天天長大，前途光明，就覺得我做過的很多事，其實是值得的……」

「一切都結束了，這個家總算像個家了……」香婧將視線拉回前方，說：「剩下來的，就是我和姓賴的私仇了……」

「好啦，吃口蛋糕啦。」

「不吃。」香婧嘿嘿一笑，說：「走吧，去找賴琨。」

「要先找小歸啦！」阿武這麼說，他見到香婧越飄越遠，急得大喊：「喂，我不會飛啦！」

「你多練習就會了。」香婧回頭，對著他笑，臉上已不見先前的陰鬱了。

「媽的……」阿武看看地下，三層樓高，對一個鬼來說，當然不算什麼，他大叫一聲，縱身一跳，像隻鳥一樣地揮手撲動，當然是沒飛起來，而是以拋物線的姿態墜樓，磅地摔在防火巷裡，半邊身子還卡在某戶人家的牆中。

「唔！」阿武卡在牆中，胡亂掙扎，手上的蛋糕被他捏得稀稀爛爛，這戶人家裡是一對老夫妻，各自坐在躺椅裡看著電視劇。

香婧倏地在阿武身旁現身，蹲低身子，捏起蛋糕上的櫻桃放入口中，說：「很好吃。」

「妳還會瞬間移動喔！」阿武忿忿不平地說：「爲什麼妳學得這麼快？爲什麼我都不會？」

「大概你沒有做鬼的天分吧。」香婧呵呵地笑，將稀爛蛋糕上的水果，全撿去吃了，跟著，用手指沾著奶油，在阿武的臉上塗抹。

「靠夭喔！」阿武哇哇叫著，終於將下半身也抽拔入屋，香婧早已飛飄到對面牆端，穿牆消失。

阿武用手臂摀著腦袋，撞牆追去，香婧穿過一戶戶人家，阿武便也撞過一面面牆，一連撞了十來道牆，阿武穿牆技巧大有進展，至少撞牆時順暢許多，不再眼冒金星了。

來到了街上，香婧躍上公車車頂，蹲在車頂邊緣，向阿武招著手。

「茉莉妹妹，妳笑得好淫喔——」阿武經過一陣玩鬧，開始口無遮攔起來。

他不甘示弱地先蹦上一輛汽車車頂，汽車跟在公車後方行駛，阿武覺得自己的身子輕盈許多，一連又跳過兩輛車頂，飛身一蹦，這才搆上公車車頂，一翻身上了車。

他們平躺在公車頂上，震動的車身如同按摩躺椅。阿武看著夜空，今夜的月亮更爲圓亮。

偶爾，他站起身來，前後遠望，那漫長的大道車流便如同一條燈河。

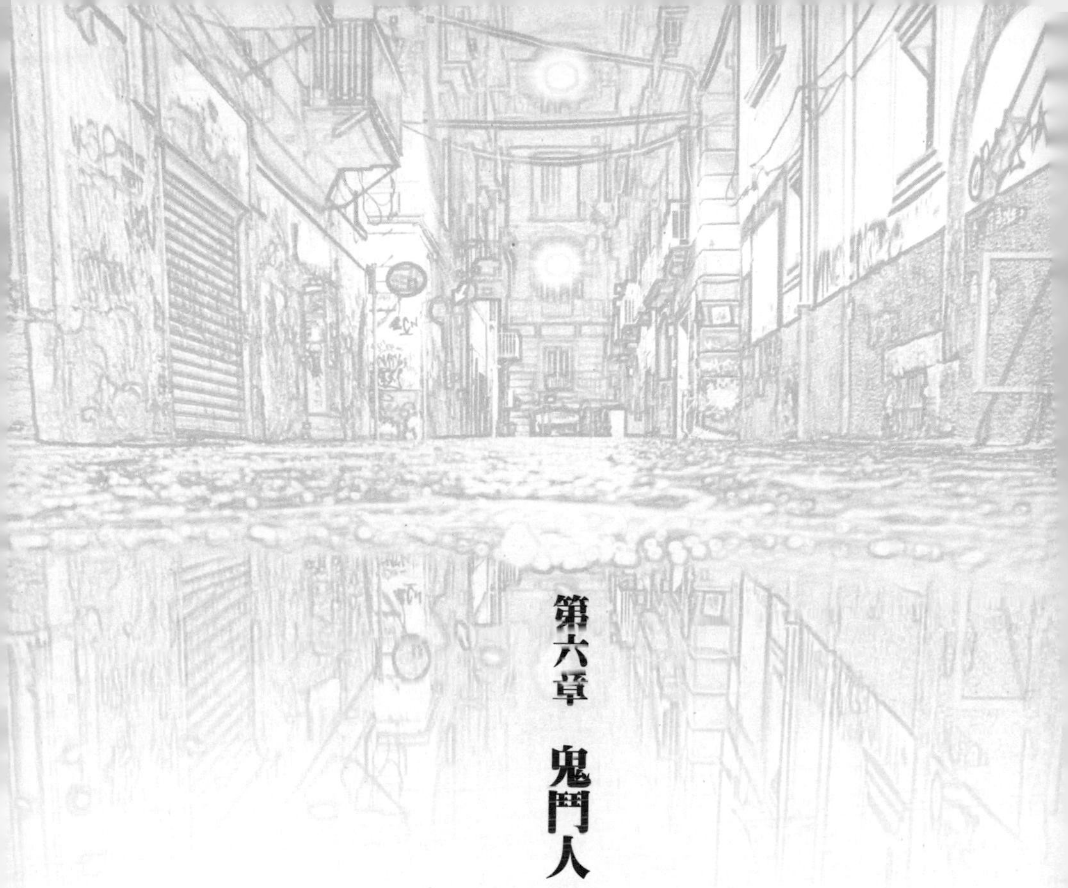

第六章　鬼門人

夜市裡人聲鼎沸，阿武悠哉晃著，有香婧跟在身邊，他便不好意思再對經過他身邊的年輕女孩動手動腳。

「好像就是那裡。」阿武指著前方一處肉圓攤，那攤老闆正忙著在幾碗肉圓淋上醬汁。

「小歸兄，你在嗎？」阿武來到了攤子前，四顧張望，喊了幾聲，得不到回應，他看著肉圓攤子，倒是覺得餓了，便取出香灰，對著兩個接過肉圓的客人手上一吹，再探手一撈，便撈得兩顆肉圓，他看著那兩個客人離去的背影，隱隱想起曾經聽過祭拜過的食物味道會變得較淡，不曉得是否就是因爲「給鬼吃了」這個緣故。

「小歸兄大概去鬼混了，我們在這裡等等看，說不定會碰上其他鬼。」他將一塊肉圓分給香婧，兩人站在肉圓攤前，稀里呼嚕地吃著手上的肉圓。

他倒是記得上次在這兒還見過一個老鬼和一個女鬼，小歸若是時常在這兒守護弟弟，那麼應當和附近的鬼混得熟稔，說不定可以向其他鬼打探消息。

兩個流氓樣貌的年輕男人搖擺走來，惡狠狠地扠手站在肉圓攤前，瞪著老闆。肉圓攤老闆二話不說，抓起用來剪開肉圓的剪刀，袖子一捲就繞出攤子，來到兩個流氓面前，昂揚著頭，哼哼說著：「怎麼，終於來啦，膽子不小嘛。」攤老闆看看夜市街上已經有些人注意到這頭爭執，紛紛停下腳步，他便吆喝一聲，揮出一拳。

這拳頭不怎麼重，讓平頭流氓隨手就撥開了。

老闆有些驚愕，向後一跳，紮了個馬步，再揮一拳，他揮拳只揮一半，就讓平頭流氓一腳踹倒在地上，疼得他摀著肚子要嘔。

平頭流氓二話不說，掏出一把槍，抵上老闆腦門。

「嘩——」連同阿武在內，四周的攤販、客人全嚇傻了眼，便連另一個染髮流氓也有些驚訝，他拍著同伴說：「喂，也不用一下就掏槍吧，這裡這麼多人！」

肉圓攤老闆雙眼鬥雞，直直瞪向抵著他腦門的槍管，身子簌簌地顫抖起來，但仍逞強地說：「誰知道……是不是眞槍……」

「試試看就知道啦，要不要？」平頭流氓語音冷峻，又補上一腳，將老闆踢得躺倒在地上。

「小子，敢在我面前揍人？」阿武知道這攤老闆是小歸的弟弟，想起小歸曾說他弟弟惹了麻煩，或許就是和這兩個流氓之間的過節。他趕緊上前揪住流氓手臂想奪下槍，但他還抓不著挪動陽世實體的竅門，僅能撥動花葉、拔拔頭髮罷了，此時他齜牙咧嘴猛使勁，也扳動不了流氓一分一毫，急得大喊：「香婧，快來幫我。」

他這麼喊的同時，流氓身子一抖，臉上出現了莫名其妙的表情，跟著，一個人影自流氓的身子飄出，正是戴著鴨舌帽的小歸。

阿武啊地一驚，全然不能理解，小歸哈哈一笑，說：「不是教你去陰間避避風頭，你又上來幹嘛？我在忙，你別攪局啦！」

「我的事待會再說。」阿武反問：「你躲在他身體裡幹嘛？」

「我要給我老弟弟一個教訓。」小歸噘著嘴說。

「什麼？」阿武更驚奇了，問：「之前你不是說你老弟惹了麻煩，你要守著他。」

「是啊，就是惹到他們啊。」小歸指了指那兩個流氓，持槍的平頭流氓呆愣愣地看著自己手上的槍，一臉訝異，染髮流氓則是試著安撫這持槍流氓，同時對肉圓攤老闆破口大罵，內容大都是些髒話和一些言不及義的威脅恫嚇。

「你們……你們想怎樣……」肉圓攤老闆手上的利剪早不知掉在哪兒，先前的氣勢不知飛到哪兒去了，他掙扎著想要起身。

小歸立時又縱身跳到平頭流氓的肩上，雙手按著流氓腦門，開口說話，流氓嘴巴也跟著動起，小歸說什麼，他就說什麼：「什麼想怎樣，給你個警告，做人不要太白目，這次是你的攤子，下次就是你一條老命。」

流氓這麼說著，又一連踢了肉圓攤老闆好幾腳，眼中厲光閃爍，向另一個流氓喊著：「把他攤子砸了！」

另一個流氓便耍起狠來，連連踢踹著肉圓攤子，將鍋碗亂掃一地，還自路邊撿起髒污垃圾，扔進肉圓鍋中。

肉圓攤老闆驚懼頹喪，只能不停發抖，眼睜睜地看著小流氓胡亂搗毀他的肉圓攤子，他看著自己的手，微微握起拳頭，卻又讓流氓揍了一拳。

持槍流氓甩著他巴掌，囂張說著：「大叔！你以爲你很能打是吧，你以爲你拳頭硬是吧，你以爲你運氣超級好是吧，你當天天都過年、每次都能逢凶化吉是吧，我告訴你，有些混混是瘋的、不怕死的你知道嗎？啊？」

老闆面色如土，卻也不敢回嘴，倒是搗毀攤子的小流氓弄得滿身大汗，看看四周圍觀的人越來越多，有些怕了，走來先是幫著持槍流氓痛罵肉圓攤子老闆幾句，跟著拉了拉同伴的衣袖，說：「隨便揍兩下走啦，再不走警察要來囉。」

「大叔，要不要打我兩拳試看看啊，你怎麼知道像我這種混混身上有沒有刀、有沒有槍啊？只要我一扣扳機，你的腦袋就開花了你知不知道！」持槍流氓越說越激動，槍口連連撞著老闆額頭，他又狠狠甩了老闆幾個耳光，繼續罵：「好樣的，你老爸留給你的家產，是給你上酒店花的嗎？你這……」

嗶嗶——嗶嗶——尖銳的警哨聲陡然乍響。

「把武器放下！」兩個警察衝破人群，各自舉槍，對準了持槍流氓。

「糟啊！」砸攤的小流氓嚇得不知所措，高舉雙手，埋怨著持槍流氓：「幹，都是你啦，你有病喔！」

持槍流氓陡然一震，看看手上的槍，看看圍觀群眾，再看到身後警察舉槍指著自己，趕緊將手上的槍扔下，推著身旁同伴說：「發生什麼事了？」

兩名警察左右圍來，將這兩個流氓壓倒在地，肉圓攤老闆臉色慘然，一副還沒回魂的模樣。

接下來，更多收到通報的警察趕來支援，一輛一輛的ＳＮＧ車也火速殺到，將這原本便擁擠的夜市街，擠得水洩不通。

「我說過啦。」小歸與阿武、香婧早已挪移陣地，避開了煩躁人群，來到數條街外。小歸一面走，一面解釋：「那個不知好歹的東西，我看他長大的，從小就一副壞脾氣，動不動跟人起衝突，他以為自己很能打，不知道很多時候都是我偷偷幫他的。前兩年我老爹過世，留了一點錢，他老兄可好了，兩、三個月就跑一次酒家叫小姐陪酒。」

「這樣其實還好。」阿武攤攤手，在他的「個人觀念」裡，身為男人兩、三個月上一次酒家，勉強還可以被歸類在好國民的範圍以內。

「還好？」小歸瞪了阿武一眼，說：「他算哪根蔥，一個夜市賣肉圓的，動不動就跟人家道上兄弟起衝突，前幾次都是我幫著他，他還以為自己練成神功，跑去買了幾本武術教學書，現在快要把自己當成武俠高手了，這一次他用酒瓶敲破一個混混的腦袋，還自報名號叫人有膽就去夜市找他——這不是找死嗎？」

「靠，這麼誇張。」阿武哈哈笑著，說：「聽得我都想打他了。」

「先前我用錯了辦法幫他，所以這次換種方法，那兩個小毛頭本來就是要來找他麻煩的，如果我不插手，兩邊衝突起來，說不定眞的開槍了。」小歸氣呼呼地說：「他被打死就算了，要是他打死人下十八層地獄，我就算當上城隍爺也救不了他。」

小歸年幼時，和父母一同登山健行，失足墜死，那是數十年前的事了，在他剛死的前幾年裡，他這麼一個年幼小鬼自然是什麼也不懂，在陰間飽受欺凌，十天半個月才能吃到一次飯，就連好不容易等待領得的輪迴證，也讓人給騙走，小歸因此失去輪迴轉世的機會，日復一日、年復一年地在陰間遊蕩。

在這漫長的時間裡，他漸漸學會一些讓他過得不那麼辛苦的技能，諸如滑頭、偷竊、僞造證件等等，當然，他也並非那樣不幸，在陰間，比他更不幸的傢伙太多太多了，小歸最幸運的一件事，是在因緣際會下尋得了某個遠親，那遠親在陰間並不富有，卻擁有一張無限期的陽世許可證，當時遠親久候多時的輪迴證已經發下，便辦理了正式程序，將無限期的陽世許可證轉讓到小歸名下，希望小歸有空時便上陽世關照他們共同的親人朋友。

此後小歸便持著那張陽世許可證通行無阻，偶爾也有些傢伙會覬覦他那張無限期的陽世許可證，但那時小歸已經算得上是陰間老鳥，一來道行已高，二來也開始懂得賄賂陰差以求自保。

在最近的十幾年裡，小歸便以販賣僞造陽世許可證和指導菜鳥如何向陽世託夢要錢，再從中抽佣來賺取冥錢。

「你已經有陽世許可證，弄點香灰就可以上來天天大魚大肉，還賺什麼鬼錢？」阿武不解地問。

「你說的那種香灰也要用錢買耶，那種香灰很貴的！何況等你死得夠久，就知道當鬼的日子有多無趣，我看著我老弟從白癡小弟長成到白癡阿伯，我老爹、老娘前幾年都過世了，比我還早投胎。二十年前我就嘗試上冥府申冤，說我的輪迴證被騙了，要重新辦一張，操，那些鬼官對我百般刁難，最後還不是要錢，比在黑市買一張還貴，我不努力存，等我老弟哪一天也死了，投胎了，我還是個鬼，那多悲哀，所以我拚命存錢，我要弄一張輪迴證，我要投胎轉世當人！」小歸無奈地攤著手，跟著，他試探地問：「你剛剛說，俊毅要你上來替他蒐集司徒城隍的犯罪證據，他沒提到他那可愛的小手嗎？」

「我正想跟你說，他要你把手銬還他。」阿武聽小歸主動提及，倒有些驚訝。

小歸嘿嘿一笑，嘟著嘴說：「馬面俊毅一天到晚找我麻煩，我向我老弟託夢，次數多了一點，俊毅就說我騷擾活人；我賣許可證，他就來抓我，塞錢給他還不收，硬是要把我抓下去關、罰我十倍的錢，眞他媽的，上次要不是你替我圓謊，不知道又要損失多少。哼哼，我知道他最近忙著接任城隍爺，如果我把他的手銬交給那個司徒城隍，一定會有好戲看。」

「幹嘛這樣？司徒不是個好東西。」阿武勸解地說：「你賣個面子給俊毅，要他替你的記錄寫幾句好話，說不定可以提早投胎喔。」

「我的壞記錄有一半是他寫的。」小歸冷冷笑著說：「當然啦，這面子是一定要給的，不過我替俊毅保管了這麼多天，沒有功勞也有苦勞，嘿嘿……」

「你要他給你點好處喔，我懂啦，我幫你跟俊毅談條件，不過他接不接受，我就不敢保證啦。」阿武莫可奈何地說。

小歸滿意地點點頭，又將話題繞回阿武親友身上，試圖說服阿武去向那些親人好友託夢討錢。

「別以爲紙錢燒了就好喔，麻煩的咧，你要先在底下的銀行開一個帳戶，上頭燒錢的儀式什麼都要對，燒下來的錢就會自動進你帳戶，否則冥紙到處亂飄，一堆孤魂野鬼都搶著要撿。」小歸解釋著。

「我爸在鄉下，現在大概還不知道我已經死了吧。」阿武有些無奈，指著前方那條街說：「那是我以前住的地方，說不定豎仔還在裡頭，我要找他算帳，叫他燒給我。」

「哪個豎仔？」

「就是那個阿爪。」阿武沿路上也已將自己與香婧跟賴琨之間的過節簡單解釋一番，此時提及阿爪，仍是咬牙切齒：「以前他被人打得跟豬頭一樣，要不是我罩著他，他早就被人裝在桶子裡灌水泥扔進海裡了。」

阿武說著、說著，回想起過去帶著阿爪偷車的日子，不免有些感傷。儘管此時已經入夜，但陽世夜晚依舊遠較陰間熱鬧喧囂，五光十色的燈火、招牌和生龍活虎的人們，散發著生命的氣息，而不同於陰間的永恆死寂。

「他以為他自己很行，常常自作聰明，其實笨透了，以為這樣可以騙到癩皮狗，結果害我丟了一條命！」阿武領著小歸和香婧來到生前住戶樓下，見到那輛停在巷口的舊機車，說：「這是他的車，不曉得人……」他抬頭看著自己住處，鐵窗微微發出光亮，他攤手苦笑：「還不趕快跑路，他以為癩皮狗會放過他嗎？」

「他害死你，你還擔心他喔。」香婧插口問。

「終究是兄弟一場。我死了，以後就再也沒人罩他了，他現在大概嚇傻了吧。」阿武摸摸鼻子，他沿著樓梯向上，香婧和小歸則是直接穿過樓梯向上飄移，阿武來到住處門前，穿門而入。

客廳中凌亂不堪，阿爪微微張著口，窩在髒軟沙發上，聚精會神地打電玩，在他面前的是一面嶄新的大尺寸液晶電視。

「幹，怎麼會這樣？」阿武見到那面電視，先是一呆，快步走入自己生前的房間，東翻西找。

香婧訕笑著說：「你房間跟豬窩一樣。」

「幫我打開這個抽屜！」阿武無法拉動抽屜，急急嚷著，小歸幫他拉開了抽屜，翻了翻裡頭，沒找著存摺和印章。阿武氣憤罵著：「他領了我的錢……」

「他知道我死了。」阿武頹喪站著，聽著外頭響亮的電玩聲，他本來期盼至少能見到一個哭喪著臉、流淚懺悔的阿爪。

但他卻沒能如願，他見到的是領出他的存款購買電視和電玩取樂的阿爪。

三分鐘後，電話響了，阿爪像隻哈巴狗般撲上去接聽，跟著匆匆關上電視，披上外套就要下樓。

阿武等也跟在後頭，樓下停著一輛黑頭轎車，後座車窗搖下，是阿豹——賴琨的得力手下，以往他一向負責向阿武轉告賴琨的吩咐。

阿豹簡潔地說：「上車。」

阿爪嬉皮笑臉地拉開車門上車，一入車內，便向阿豹等人寒暄問好，卻感到有些自討沒趣，阿豹冷冰冰地看著他，沒好氣地說：「你說有什麼新線？」

汽車駛動，阿爪嘿嘿笑著，口沫橫飛地解說著。

原來就在阿武死去的那天晚上，阿爪心中惴惴不安，他本來應該帶著私自掉包的毒品遠走高飛的，但他仍有些擔心那個收留他許久、教他偷車、帶他吃香喝辣的死黨大哥阿武，他悄悄地返回原地，從隱密陰暗的角落往那停車場裡看，只看到幾個男人扛著一口麻袋，麻袋裡還伸出兩條僵硬的腿。

阿爪無須多想，已經知道發生了什麼事，他那總是帶他東奔西跑的曉武哥，已經變成一具冷冰冰的屍體了。

他像根木頭一樣呆佇在原地，他的眼淚、鼻涕、尿水都難以控制地往體外流淌，一直到阿豹等人將阿武的屍體塞入後車廂中，駕車離去，阿爪這才能有所動作。

他四處躲藏了數日，約略也探聽到賴琨正在找他，還要將他大卸八塊的風聲，他在無計可施之下，只好捨棄僅存的良心來保全自己，他主動聯繫阿豹，聲稱掉包毒品一事全由阿武主導進行，他願意將那三分之一的高純度毒品交回，且代爲銷售那些「被阿武」摻入白糖粉末的加料毒品。

阿爪聲稱自己另有管道，能夠快速地將那些加料毒品化整爲零、迅速脫手進入各種夜店、酒廊、或是校園，所得到的利潤未必比高純度毒品來得低。

阿爪在投靠阿武之前，本來就是個小毒蟲，知道不少地下管道和藥頭，賴琨這陣子倒是需要這種人手，賴琨能夠從阿爪的身上嗅出那種低劣腐敗的氣息，那種打賞幾枚錢，就能夠出賣靈魂的氣息。

於是一向凶狠的賴琨只是象徵性地讓阿豹甩了阿爪幾個耳光，便開出新的條件——那些加料毒品便由阿爪負責牽線脫手，辦不好就拿手腳來抵，辦得好，還有機會晉身賴琨集團核心。

這麼一來，阿爪倒算是鬆了口氣，他只要循著過去的管道，從小毒蟲搖身一變成爲中盤商，將那些加料毒品轉賣給小藥頭，便能夠完成賴琨託付的任務，換取比以往跟著阿武偷車時更寬裕的生活，他甚至覺得自己轉運了。

每每天色暗沈時，阿爪會感到有些不安、有些愧疚，但這樣的愧疚往往持續不了多久，就讓酒精和新購入的電玩給沖淡了。

車上的阿爪意氣風發，手舞足蹈地向阿豹等人說明他昨天又搭上的一筆新線，是個人脈甚廣的盤商，若是讓他交涉成功，那麼這批摻了白糖粉末的毒品就有機會一次脫手，甚至往後還有更多合作機會。

阿爪信誓旦旦地說，阿豹等也凝神聽著，沒人見得到那就擠在他們當中的阿武，阿武一手搭著阿豹的肩、一手搭著阿爪的肩，蹺著二郎腿，臉色鐵青。

香婧在飛飄在外，緊貼著車身；小歸則湊熱鬧地坐在前座那人的腿上，不時遊說阿武：「這些人全都是你的仇人吧，你向他們所有人託夢，要他們湊錢辦一場法事，嘩，這燒下來的錢可不少咧，我還沒接過這種大案子！」

阿爪頓了頓，搓著手說：「不過對方來頭也不小，可能需要賴爺親自出馬，講幾句話……」

「怎麼回事？你說你會自己搞定的，想反悔啊。」阿豹朝著阿爪胸口狠搥一拳，再拍了他腦袋幾下，坐在當中的阿武也沒攔阻，而是冷冷地望著前方。

在收留阿爪的兩年當中，他曾經不下五十次向阿爪叮囑再也別碰毒品，而如今，阿爪即將成爲替賴琨販毒的盤商，阿武覺得自己甚至無法憤怒，只能感到可悲，身旁那個抱頭討饒的阿爪，似乎連個人都不像，比較像是一灘稀爛臭屎。

阿爪求饒喊著：「豹哥，我已經和他談得差不多了，但他是個大客戶，我想如果賴爺親自出馬，價錢會更漂亮！」

「等會兒你自己跟賴爺講。」阿豹嘖了一聲，不再說話。

經過約莫四十分鐘的車程，車子在郊區一處別墅前停下，四周環境幽靜冷僻，大院子中有數條狼犬和兩、三個把風手下。

阿豹等人下車，將阿爪帶進別墅，香婧等自然也跟在其後。

「等等。」阿武喚住她，取出符藥罐子，香婧白了他一眼，隨即穿入別墅大門。

阿武著急追上，心想倘若香婧一見仇人又發起狂，那可麻煩，他低頭唰地也撞進了門，摸摸腦袋，一點也不痛，他的穿牆技巧又有了些展進。

「嘩，這一定要狠削他一筆啊！」小歸跟進了門，見到寬大客廳和庸俗但昂貴的布置裝潢，更加興奮，連連拍著阿武：「阿武老兄，你一定要想盡辦法讓他們辦一場風風光光的法事，你在底下就有好日子過啦！嘩，三成啊……」小歸邊說邊計算著他幫忙阿武處理這筆冥錢所能夠分到的抽佣。

「有道理！」阿武看客廳裡聚著十幾人，各自喝酒吃菜閒話家常，那些傢伙他大都認識，他命喪黃泉那晚，這些傢伙都有對他動手，當然，手腳最重的就是那滿臉橫肉的阿豹，阿豹大搖大擺地坐下，從其他嘍囉手上接過啤酒，暢飲。阿武看得可不是滋味，恨恨地說：「阿豹起碼要燒給我十億，其他人每個人一億。」

「太少了！」小歸大大搖手，嚷著：「沒燒個幾兆怎麼夠用啊？」

「幾兆要燒到什麼時候？」阿武雖這麼說，但想想也對，陰間一碗牛肉麵都要九萬，一台液晶電視要一、兩億，幾億算不了什麼。

「還要燒現貨，辦法事！」小歸解釋：「在陰間貨物比較值錢，要菸塔、酒塔、雞鴨魚肉、紙紮汽車，這些東西很值錢；法事可以讓你在底下留下好記錄、好名聲，申請證件就容易得多！」

「幹，這樣都可以開店了。」阿武恍然醒悟，也頗為興奮，無論如何，這是他的大好機會，一般遊魂可沒這種機會向大量活人「拜託」要錢，但俊毅默許他接觸活人，他左顧右盼尋找香婧，叫著：「茉莉妹妹，我幹他們一大票，開家酒店讓妳當媽媽桑怎樣，哈哈！」

香婧對阿武和小歸的對話充耳未聞，她的心情遠比阿武沉重太多了，這兒許多人，都有參與她那五日凌虐，香婧覺得頸子又麻疼起來，她的情緒翻騰起伏，難過和痛苦衝湧不止，她高高飄浮在一個蹺腿看色情雜誌的小子頭上，那小子獐頭鼠目，年紀和阿武差不多，他就是在那天情急之下，持著斧頭砍在香婧頸子上的傢伙。

「冷靜——」阿武連忙撲上，抱著香婧一雙小腿，說：「我們有重要大事，妳別搞砸啦！」

阿爪站在飲酒作樂的眾人身旁搔著頭，許久不敢出聲，但他終於忍不住問：「賴爺呢？不是叫我來向他報告進度嗎？」

阿豹看了看錶，說：「賴爺在修法，你安靜等。」

「修法？」阿爪聽得一頭霧水。

一旁一個醉醺醺的傢伙插嘴：「對啦，你不知道喔，我們老大他叔公法力強得咧，什麼天上神佛、地下閻王都要給咱叔公幾分面子呵！」

「你不要多嘴。」阿豹推了那傢伙一把。

「有什麼關係，阿爪不是自己人嗎？」那傢伙問。

「還不是。」阿豹指著角落一張椅子，冷冷對阿爪說：「去那邊坐，別亂說話。」

這番對話自然都讓阿武等聽在耳裡，他向香婧說：「妳聽到了吧，癩皮狗那爛貨在這裡，擒賊先擒王，我們先去找他啦。」

「賴琨——」香婧歪斜著頭，也沒應答，快速飛升上了二樓，在各間房間飛梭尋人，阿武則和小歸逐間搜索一樓每間房，一無所獲，然而，他們也很快地發覺在廊道盡頭那扇通往地下儲藏室的門，十分有問題——

那扇門，會發出如火般的光和熱。

阿武在離那門五公尺的距離，就無法再進一步，數十年資歷的老鬼小歸，也只敢逼近到三公尺，他向後飛退，搖著頭說：「過不去，大概有符咒……」

在二樓搜索無功的香婧，返回一樓與阿武等會合，一聽賴琨可能在這扇門下方，立刻衝去，阿武想拉也拉不住，只見香婧在逼近那門兩公尺時，仍給彈飛，撲倒在地。她趴伏在地，恨恨地看著隱隱綻放火光的門，跟著起身跺了跺地，氣呼呼地罵：「怎麼下不去。」

「我猜地下室裡被人施了法術。」阿武拉了拉香婧的胳臂。「癩皮狗又不能在底下躲一輩子，我們去逗逗他的手下，他在底下聽見聲音，就會上來了。」

「逗？怎麼逗？」

阿武揚起頭向客廳走去，自吹自擂地說：「好好看我表演，看有沒有比電影裡的鬼厲害。」

賴琨的手下三五成群聚在客廳，閒聊的閒聊，划拳的划拳，也有幾個圍在電視機前，看著新上檔的電影。

阿爪無所事事，便也湊去一同觀賞，電視裡播放的是他愛看的鬼片，故事是講一棟商業大樓遭到討債公司惡意縱火，燒死了一整層的人，許多年之後，同一批討債公司再度上門，不料卻碰上了當年苦遭火焚的枉死怨魂……

阿爪和兩、三個較年輕的傢伙聚精會神地看，其中一個哈哈笑起，調侃著電影中那批討債黑道。「算他們衰小，換成是我們，有叔公罩著，牛頭馬面都歸我們管，還怕這些孤魂野鬼喔。」他的話得到其他人的附和，紛紛鼓掌叫好。

啪嚓——

電視螢幕霎時一片漆黑。

「啊？」正津津有味看著鬼片的幾個傢伙叫嚷起來，七手八腳地找著了遙控器，又將電視打開。

「……」阿武倚在電視機旁，見眾人不以爲意，便又大力搥打起電視開關，一連搥打了十幾下，才又關上電視螢幕。

「幹——」「別亂按啦！」一票傢伙又叫囂起來，再按著遙控器將電視開了。

阿武再度搥打開關。

一旁的小歸打了個哈欠，握住阿武的手，幫著他壓下開關，使電視再度關上。

一票傢伙轟叫起來，有的則對那拿著遙控器的傢伙斥責，有的上前檢查電視機，持著遙控器那傢伙連連按著開關，開啓電視，卻又讓阿武關掉，他莫可奈何地將遙控器交給他人，情況還是一樣。

咻！燈光旋即暗下，電視機卻是開著——阿武玩膩了電視機，來到電燈旁，他關燈、開燈、再關、再開，他抖動手指去弄電燈開關，使電燈閃爍不定。

在一陣明滅閃爍之後，是長時間的漆黑。直到這時，客廳中所有人才靜了下來，喝酒的放下酒罐，閒聊的閉上了口，划拳的放下手來，都抬頭看著頂上那盞水晶吊燈。

「有效——」阿武哈哈大笑，這是除對年輕女孩毛手毛腳之外，第二項讓他覺得做鬼挺有趣的事。他以往窩在骯髒房間觀看第四台播放的鬼片，裡頭絕大部分都是演人如何如何地被鬼驚嚇，但這次不同，他扮演鬼，思考著用何種方法來嚇人。

在一片漆黑中，唯一亮著的，是播放鬼片的電視機，螢幕裡的厲鬼咆哮、嘶吼著。

「是怎樣？」一個傢伙呼了口氣，上前欲將電視關掉，他的手卻無法抽回——是讓香婧握住了。那傢伙陡然睜大雙眼，喉間發出嘶嘶聲響，指著香婧淒厲叫了起來，他隱約見到黑暗中亮起一雙眼睛，他忘不了這雙眼睛發出的怨恨。

這傢伙也是折磨香婧五日裡的其中一人。

「鬼啊——」他猛收回了手，拔聲吼叫著，阿豹跨過沙發，重新將燈開啓，客廳一片通明，所有人面面相覷，過了半晌，仍然不見動靜，他們訕笑起來，互相調侃著：「幹嘛，酒喝多了，眼花了你。」

就在大夥兒試著讓氣氛輕鬆一些的時候，一旁大櫃子上一個古董花瓶，無聲無息地墜下，跟著是一聲巨大的碎裂聲。

當然是阿武推的。在老鬼小歸的指點下，他似乎抓到了訣竅，能夠推動陽世物體了，他在眾人一片驚訝當中，來到了阿豹面前，捏住阿豹鼻子。

「唔！」阿豹雙眼睜大，用口呼吸，驚恐地揮著手，抓著自己的臉，不能理解為什麼突然之間自己的鼻孔會緊黏閉合，像是讓人捏著一般，其他傢伙見了阿豹這番怪異舉動，紛紛不安起來，有些脫口說出：「是不是有髒東西？」

「是她、是她！」方才讓杏婧握住手的傢伙，抱著同伴的腳，拔聲尖吼。

香婧靜靜地看著這個不久之前猶如凶狠惡豹的傢伙，在這當下卻化為一隻飽受驚嚇的小野兔。香婧蹲低身子，將臉貼近那人，她只讓那人看得見她。

那傢伙淒厲號叫起來，香婧按住了他的雙肩，使他動彈不得，當她離他不到十公分時，那人終於嚇暈了過去。

「曉武兄，別說我沒提醒你，我們做鬼的假使沒有正當理由，像是保護親友什麼的，這樣子玩活人，陰差是會追究的。」小歸見阿武、香婧玩得這麼開心，也有些心癢難耐，他曾經也這般捉弄過活人，代價卻是讓陰差狠狠教訓一頓。

「俊毅同意讓我們這麼做，他說只要別弄出人命，隨我們高興怎麼玩。」阿武大笑，放開了阿豹的鼻子，又去捏其他人的鼻子。

「不早說！」小歸一聽既是俊毅吩咐，那還客氣什麼，無故捉弄活人這特權可不是天天都能享受到，比一年一度的「鬼門開」、「普渡宴」還要難得可貴太多、太多了。

小歸飛身鑽入一個傢伙身子裡，手舞足蹈起來，拿起酒瓶就往自己頭臉上砸，將自己砸得血流滿面，嚇壞了一票人。

「教我、教我！」阿武嚷嚷著，也硬往一個傢伙身上鑽，不是穿過他的身，就是將他推得向後退，卻無法像小歸那樣鬼上身。

騷動四起，大夥向四面逃開，其中幾個奔逃到那通往地下儲藏室的門前，卻遲疑地不敢叫門，深怕得罪了底下那個脾氣暴躁的老大。

「餓——好餓——」讓小歸附身的那傢伙滿臉鮮血，嗚嗚啊啊地鬼叫起來，哭喊著：「在底下好餓，食物，我要食物……好冷，在底下好冷，我要衣服……辦法事……燒給我……食物、衣服、紙錢……」

香婧將目標轉移到拿斧頭劈死她的傢伙，她抓著他的手，那人像是遭到點穴一般動彈不得，只能看著自己的手捏起一把水果刀，緩緩地往自己左腿送去，先是刀尖觸及腿部，跟著進去了，緩緩地、緩緩地。他不能叫，他的嘴給捏上了。銀亮的水果刀直沒於柄，拔出時卻是一片血紅，跟著又緩緩轉往另一隻腿，這傢伙雙眼一翻就要昏厥，但是當刀尖開始進入他另一腿時，他又痛得醒了。

「癩皮狗，出來，給我滾出來！」阿武也越鬧越兇，他將能夠推得動的東西紛紛推落下地，茶杯、酒瓶、碗盤、擺飾等胡亂飛飄亂砸，他一躍好高，抓到了吊燈，使勁狂搖起來。

燈光激烈明滅著，那幾個尚在儲藏室門外遲疑的傢伙見情況不妙，終於決定上前開門，但他們才到門邊，賴琨已先一步開門出來，惱怒地問：「媽的，外面在幹嘛？」

「大哥，鬧鬼啦！」幾個手下哭喪著臉說。

「啥？」賴琨穿著褐色絲質襯衫，胸前還掛著一串符籙，他一把推開幾個手下，快步奔到客廳。

異象瞬間停止。阿武跳下地，恨恨地看著賴琨；香婧放開砍死她的人，那人登時倒地暈厥；小歸也跳離他所附上的肉身，他知道賴琨是阿武和香婧共同的大仇人，便沒搶著動手，而是站在一旁準備看好戲。

「怎麼回事？」賴琨伸手捏住了胸前那串符籙，神色緊張地看著四周的狼籍景象。阿豹臉色鐵青地貼牆站立，對賴琨的叱問也只能茫然搖頭。

賴琨看著躺倒在地的幾個手下，心中有些惶恐，他後退兩步，轉身朝儲藏室奔逃；阿武等緊追在後，此時通往儲藏室的門是敞著的，那烈火氣息比之剛才削弱許多，阿武搶在賴琨前頭衝進去，裡頭是一條向下長樓梯，再下去，便是一個寬敞的儲藏室。

儲藏室裡微微亮著暗紅色的光芒，光芒來自於幾盞紅紙燈籠，燈籠上塗寫著奇異符文，當中還有一個法壇，法壇上擺著各式法器，飄繞著裊裊煙霧異香。

站在法壇旁的，是一個同樣穿著名牌絲質襯衫、身形瘦小、頭頂禿得發亮，耳際一圈卻蓄著茂密長髮的老頭，老頭的長髮還結成一個辮子，此時正拿著一把香，以打火機點著。

「叔公，上面出事了，好像……好像是『髒東西』。」賴琨慌忙地說。

「我幹！說我們是髒東西，再怎麼髒，也沒有你這個爛貨髒！」阿武氣憤地罵，他見到那法壇，二話不說就從背包裡取出照相手機，來到法壇邊準備蒐證。

香婧、小歸也進入這儲藏室，小歸來到阿武身邊，拍手叫好：「哈，原來連神壇都有，法事直接在這裡辦就好了！」

香婧則與賴琨面對面，他看不見她，她卻將賴琨那張猙獰醜陋的臉看了個仔細。她摸了摸頸際，紗布透出了紅，她的眼瞳開始收縮，盯著賴琨的雙眼射出怨怒戾氣。

阿武一連拍攝數張，見到法壇正中工整擺放著三本一模一樣的黑色本子，封皮上的字樣讓他陡然大驚——「人間記錄」。

「這是什麼？幹！這是我啊！」阿武愣然盯著正中間那本，人間記錄標題底下的姓名欄中，赫然就是「張曉武」三個字，他仔細一看，那名字筆跡與俊毅不同；另外兩本的姓名欄裡，則寫著「謝香婧」和「王智漢」。

「王仔！」阿武更加愕然，回頭瞪視著賴琨，驚叫：「你殺了王仔？」

「琨仔，你說的那個掉包你毒品的小混混，長什麼樣子？」叔公揮手搧熄香上的火苗，一面這麼問。

「你說張曉武喔……」賴琨取出皮夾，從中取出幾張照片，將它們放上法壇。

「你這爛貨怎麼會有我的照片？幹！一定是阿爪那個背骨囝仔！」阿武破口大罵，他看見照片當中有他、有香婧，還有王智漢。

「我懂了……」阿武一面罵，一面對著照片和人間記錄本拍照，他恨恨地說：「你這爛貨想要僞造我的記錄，這樣子你幹過的好事就能一筆勾銷！」

「曉武兄……」小歸在一旁拉著阿武的衣角，阿武餘怒未消，氣呼呼地問：「幹嘛？」

「不對勁，走吧……」小歸這麼說，像是對叔公感到有些懼怕，他拉著阿武的衣袖，將阿武拉得連連後退。

「啥？怎麼可以放過這些爛貨！」阿武大罵，但他道行不及小歸，讓小歸拉得不住後退，急忙中舉起手機，對著叔公按下快門，在那一剎那他感到有些怪異。

叔公兩隻眼睛，直勾勾地望著他，又瞄了一眼神壇上的照片，嘿了一聲。

「他看得見我！」阿武大驚，香婧則像是脫弦飛箭一般朝著賴琨竄了過去，她直直伸出蒼白而細瘦的雙手，掐上賴琨頸子，卻像是觸電一般，登然彈開——賴琨胸前掛著護身符籙。

賴琨猛一驚，跳著轉身，他見到了渾身浴血的香婧。

「啊，茉莉妹妹又抓狂變身了！」阿武駭然失措，他猛地掙開小歸的拉扯，他得上前幫忙，他不能讓香婧殺了這兩人，更不能讓叔公施法收了香婧。

叔公揚起手中那把香，鼓嘴一吹，吹出一團煙霧，但是看在阿武眼裡，卻猶如炙烈紅火，阿武抱頭閃避，只覺得後背都要燒焦了，叔公咧開嘴，露出口中稀稀落落的爛牙，嘿嘿笑了起來，隨即又深吸口氣，朝著香婧吹火。

香婧倏地騰起，繞一大圈，自背後撲向叔公，叔公只一反手，任其指間挾著的三張符籙隨意飄落，發出一陣霹靂亮光，將香婧逼退老遠。

「這老頭法力很高，不是對手，快逃啦！」小歸大聲叫著，見香婧發狂，阿武又忙著救援香婧，一時之間脫不了身，他只好自個向外飛竄離去。

叔公抛出更多的符，看在韜琨眼裡，只是一張張的符紙緩緩落下，但在阿武和香婧眼中，卻像是一枚枚的炸彈爆發。

香婧在儲藏室中飛旋亂竄，阿武抱著頭在地上打滾，此時這昏暗的地底儲藏室，竟如同白晝一般，閃現出一陣陣眩目火光。

一震劇烈噴氣聲夾雜著樓梯撞擊聲，一罐不停噴霧的滅火器滾了下來。

阿豹——讓小歸附身的阿豹扔的。小歸附在阿豹身上，還讓他拿著另一罐滅火器衝下來幫忙。

滅火器的手把開關讓鐵絲纏上，滅火粉末爆發噴灑，年邁的叔公對鬼在行，但對一只彈跳又亂噴的滅火器卻是束手無策，他讓煙霧嗆得不住咳嗽，也只好停下抛符。他衝向法壇，一連打開法壇上好幾個瓷罐子上的蓋子，瓷罐光霧瀰漫噴發，好幾個鬼影自罐中竄出。

本來趁機襲擊韜琨的香婧霎時覺得頭髮像是讓人給揪住了一般，她回頭見到一個身材高大、身穿灰色西裝的怨鬼在她身後，一手抓著她的頭髮，一巴掌打在她臉上。

怨鬼面無表情，揪著香婧的頭髮向後拖拉，同時連連拍打著香婧的臉，香婧憤恨咆哮，轉身掐住西裝男的臉，將他一把摔在地上。

更多惡鬼一擁而上，全都是叔公豢養的凶烈厲鬼，厲鬼們將香婧和阿武團團圍住，香婧嚎叫騰起，眾鬼也包圍追上，一陣惡鬥，霎時之間儲藏室中群魔亂舞，血氣沖天。

阿武儘管想要幫忙，但他跟不上香婧的動作，在混亂中他見到某處木柱底下擺著兩大箱黃澄澄的東西，他湊近一看，全都是紙紮金元寶，製作精美遠勝尋常紙紮物品，像是聘僱專人精心製作而成的，他連忙取出手機，拍下照片。

叔公嗆咳著指向阿武，厲聲喝令：「琨仔，這一隻不停照相，他有企圖，放鬼把他手機搶過來！」

「什麼？」賴琨也被滅火器噴出的煙霧嗆得東倒西歪，連忙取了法壇上一個青瓷碗中的兩片泡水葉子，往眼睛上一抹，見到香婧和數隻惡鬼廝殺得天翻地覆，駭然大驚，又發現縮在兩箱元寶旁撥打手機的阿武，覺得眼熟，指著他叫罵：「是你這雜碎！」

「幹，你才是雜碎——」阿武憤怒回罵，又急著向電話那端解釋：「不是說你啦，媽的，證據到手了，我的效率很高吧，你快點來，這邊天下大亂了啦！」

「唔！」阿武還沒說完，就見到賴琨胸前那串符籙射出一個黑影竄來，黑影是人形狀，伸手抓住了他的手機。

阿武卻不輕易放手，而是與黑影扭打起來，他記起喪命那晚本來以摺疊刀挾持住賴琨，卻不知怎地讓賴琨奪去了刀，想來就是這傢伙暗地幫了忙，豢養野鬼絕不光明正大，容易被陰差盯上，因此賴琨總也記得叔公的叮嚀，只在緊迫的時候唸咒求援。

這野鬼像是修煉未成氣候，與阿武一番搏鬥，竟搶不下阿武那支手機；阿武左一拳、右一拳，將那黑影野鬼打退，但其他惡鬼隨之逼來，卻突然轉向往叔公那兒飛去，原來是小歸附著阿豹的肉身，持著滅火器要去砸叔公。

但阿豹才剛逼近叔公，將滅火器朝叔公拋出的同時便呆愣在原地。原來是小歸的欺敵戰術，他拋出滅火器後就退出阿豹的身，幾隻轉回救援叔公的厲鬼將那滅火器擋開之後，有些轉去攻擊阿豹，小歸早已將阿武扛上了肩，又飛天一竄，將猶自與惡鬼纏鬥的香婧拉下，奮力向外飛逃。

香婧體內那抑制戾氣的符藥效力猶在，也因此以一敵多，落居下風，一陣纏鬥，力氣放盡，此時讓道行也不低的小歸勒著頸子，一時也無法掙脫。

「別讓他們走！」叔公沙啞嘶吼，數隻惡鬼一一追出儲藏室。

小歸扛著阿武，勒著香婧，飛梭出了別墅，順著山郊道路逃，回頭，只見到數個面貌慘然的厲鬼緊追在後，小歸大聲喊著：「嘿，同樣都是鬼，何苦為難自己人，咱們和氣生財，別打了好嗎？」厲鬼們當然不理他，越逼越近。

「我……我有陽世許可證，很值錢的，你們要不要？」小歸向後拋出數張他那僞造的陽世許可證，卻沒有一隻厲鬼伸手去撿，小歸嘖嘖地罵：「他們聽不懂人話啊！」

厲鬼們左右包抄趕上，穿著灰色西裝的男鬼蹦得極高，眼見就要搆著小歸的腳。

一輛黑頭座車凌空騰現，轟隆一聲，攔腰將那西裝男鬼撞得飛彈老遠。

車門敞開，俊毅斜出身子，向阿武等人呼喊：「快上來！」

小歸見了俊毅，有些遲疑，畢竟他還藏著俊毅的骨銬，他便將阿武和香婧塞進車裡，自個兒轉身要逃，卻讓俊毅探出車外的手一把揪住，也扔進車裡。

黑車急急打了個橫，車尾掃倒一隻惡鬼，但仍被數隻惡鬼四面包圍，阿武坐正身子，氣喘吁吁地說：「幹，這些是什麼鬼？連未來的城隍爺也不放在眼裡！」

俊毅冷冷地說：「這些冤魂受了法術操縱，早已喪心病狂了。」

只見數隻惡鬼全面貌猙獰，如同凶神惡煞一般地朝著黑車撲來，阿茂踩下油門，黑車在空中繞轉數圈，或是橫衝，或是直撞，將一個個衝來的惡鬼撞得飛遠，這才轉向，迅速地駛進某條隧道裡。

阿武扶起傷重的香婧，將手機交回，又取出符藥，在香婧唇上沾了沾，他覺得香婧白白淨淨的樣子比較順眼。

「這些恐怕不夠……」俊毅迅速瀏覽著手機中的照片，低聲自語。

「什麼？不夠？」阿武感到有些惱怒，他提高聲音抗議：「我跟茉莉妹妹……還有小歸兄差點丟掉老命，那個法師放符像是在丟手榴彈啊大哥，要不是小歸兄即時救出我們，這些證據大概要讓癩皮狗他們給吃了。」阿武抗議之餘，倒不忘將功勞分給小歸，以免俊毅仍記恨小歸私藏骨銬這事情。

「不夠。」俊毅仍這麼說，他從後視鏡見到阿武不以爲然的神情。

「那法師不止賄賂司徒城隍，連閻羅殿裡都能夠嗅得到他的銅臭。」駕車的阿茂突然開口。

「連閻王也被收買？」阿武驚訝喊著：「那我們還玩個屁？直接投降下十八層地獄比較快！」

「有錢不只能使鬼推磨，有錢還能使神推磨。」小歸在一旁諷刺說著：「只敢打我這種小蒼蠅，不敢打惡老虎，有種就把閻王也抓起來啊！」

「或許不到閻王，但有一、兩個判官應該是收了賄沒錯。」俊毅搖搖頭，他看向窗外，窗外是迷濛一片，他們正駛在陰陽的邊界點上頭，他呢喃自語：「這一局，恐怕不樂觀……」

第七章　血腥三明治

穿出了隧道，又回到那無星無月、無窮無盡的漆黑世界。

黑車疾駛在深長的路上，前方可見交流道，連接著高速公路。

牛頭阿茂望了俊毅一眼，俊毅直視前方，不發一語。那交流道更近了，阿茂又問：「俊毅哥？」

「嗯。」俊毅點點頭。阿茂像是受到了鼓舞，將方向盤一轉，黑車轉上公路，向南駛去。

「我們要去哪裡？」阿武看著窗外，不解地問。

「閻羅殿。」阿茂不等俊毅開口，自己搶著回答：「去告司徒城隍貪污養羊、勾結陽世偏門術士作惡。」

「俊毅不是說證據恐怕還不夠嗎？」

「不夠也沒辦法。」俊毅再次檢視手機中所拍得的證據，說：「我得賭一把。」

「沒錯！」阿茂氣憤地插口：「司徒城隍買通閻羅殿裡的判官和閻王，扣住了俊毅哥的城隍證書，想要趕盡殺絕。」

「嘩！」阿武和小歸都是一驚，喊著：「那我們現在去閻羅殿豈不是自投羅網？」

「閻羅殿裡不只一個閻王，更不只一個判官，司徒史應該料不到我會這麼快撕破臉，直接上閻羅殿告他。」俊毅看著窗外那逐漸遠去的城市。

「原來那狗官叫司徒史，哈，吃狗屎。」阿武嘿嘿笑了。

俊毅透過後視鏡，望向小歸，也沒說話，反過手向小歸一伸，擺出討東西的姿勢。

小歸一驚，眼珠子骨碌碌地轉動，說：「我沒帶在身上……不過你大可放心，我替你保管得妥妥當當，絕對不會弄丟，更不會落到司徒城隍手上，讓他栽贓你個私賣陰差公物牟利這類罪名。」

「你是在威脅我？」俊毅收回手，冷冷地說。

「當然不是！」小歸察覺出俊毅語氣中的怒意，立時坐直身子，誠摯地說：「我怎麼敢威脅俊毅哥，只是東西現在真的不在身上，我放在我陽世老家。比起司徒城隍，我還比較服氣俊毅哥你，不然也不會冒著生命危險來蹚這渾水啦。」

「你只想從張曉武身上撈一筆吧。」俊毅哼哼地笑。

「才不是！」小歸抗議，還補充說：「而且教導剛死的人處理財物本來就是陰間一項正當職業，又不是見不得人的事！」

「賣假證件也是正當職業？」俊毅突然轉身向後伸出一手，揪住小歸的領口，將他拉近前座椅背，又以另一隻手在他衣中掏摸，果然摸出一把偽造的陽世許可證，期限從三天到一個月不等。

「我……」事到如此，小歸當然百口莫辯，索性推開了俊毅的手氣呼呼地說：「沒錯，我賣假證件，那些買我證件的人不是突然有急事要上陽世，就是在底下被欺負得受不了，他們向陰差申請許可證難如登天，那些傢伙推託敷衍，還不就是要錢。有個李老哥想上去看看他剛出世的孫子，但陰差百般刁難，硬是扣著他的證件，我賣給他；有個王小妹想上去看看她生病的奶奶，付不起陰差索取的賄金，我賣給她；有個小張……」

「夠了！」俊毅打斷小歸的話。

「他們都很感激我。」小歸卻不理會俊毅，大聲說：「只有一種方法可以快點拿到許可證，那就是去向陽世親人要錢，再讓陰差抽佣九成七！」

負責駕車的阿茂突然大喝：「不是所有陰差都是如此，我跟俊毅就不賺這種錢，陰差也有好的！」

「是啊，陰差有好的，但是不夠多！」小歸尖叫：「我輪迴證被騙的時候，好陰差在哪裡？我被欺負的時候，好陰差在哪裡？大家都喜歡好陰差，可惜很難碰到！」

阿武插不上話，但是大力鼓掌表示贊同。

「……」俊毅鬆開小歸的衣襟，轉過身去，不再說話，他抹了抹臉，顯得有些疲憊，側過頭看向窗外。

「兩位大哥，應該是好的吧。」一直默不作聲的香婧，開口這麼說。

「香婧，妳好一點了嗎？」阿武聽香婧說話，關切地問。

香婧和叔公那批惡鬼一番搏鬥，傷勢不輕，儘管鬼魂恢復力快，但香婧此時仍顯得十分虛弱，她說：「在陽世我也認識一個好警察，他是個正直的人。」

「對了，王仔！」阿武想起王智漢，急切地問：「俊毅老大，賴琨那爛貨的神壇上有一份王仔的人間記錄，難道他也掛了？」

俊毅若有所思，經阿武一再追問，這才掏出ＰＤＡ，再向阿武問清了姓名身分，查詢一番，才說：「他陽壽還很長，且現在也還沒死。」

「沒死？」阿武愣了愣，跟著大怒：「那就表示那個爛貨準備要做掉王仔，連他的人間記錄都事先準備好了，豈有此理！」

大夥兒沒有接話，但都同意阿武的看法。賴琨準備那三本人間記錄，想來是要燒下陰間，用來頂替三人真正的記錄，來湮滅賴琨殺人的事實，他替王智漢也準備了一本，當然是打算殺王智漢了。

「有一點我不明白，我的記錄不是已經被竄改了，賴琨何必又替我重寫一本呢？」

香婧問。

「因爲妳那份記錄被我扣下了，我會找時間替妳重做一份。」俊毅哼哼地說：「在我的地盤冤枉栽贓，沒那麼容易。」

「原來是這樣，俊毅大哥果然是好人。」香婧感激地說。

「難怪『吃狗屎』要整你！」阿武知道俊毅尚未取得城隍身分，卻敢與勢力龐大的司徒城隍作對，不禁也感到佩服。

阿茂突然咦了一聲，看著後照鏡，俊毅也察覺了後方異樣，他回過頭向後看去。

阿武等也跟著回頭，他們見到後方數輛重型機車轟隆隆地駛來，速度極快，機車上的駕駛個個面貌不善，身上都攜著棍棒、開山刀之類的武器，這個重機車隊一下子就趕上了俊毅、阿茂這輛墨黑色陰差用車。

「幹，陰間也有飆車族喔。」阿武見到這陣仗，忍不住笑罵起來。

「沒那麼好運。」俊毅仍緊盯著後方，他們的座車讓一共六輛重型機車前後左右圍著，在更後方，還有一輛長型白色座車緊跟在後，車窗上角落有一枚小小的標示徽章。

「大家坐穩啦。」俊毅提醒著，跟著拍了拍阿茂，說：「穩住。」

「終於來啦！」阿茂點點頭，鼻孔呼呼地噴氣，猛一踩油門，車速陡然提高，一下子擺脫了大半重型機車，且逼近前方那輛重型機車的車尾，重機乘者有兩人，紛紛回頭叫嚣，後座騎士揮甩著一條鐵鍊，鐵鍊上還有顆帶刺的鐵球，他甩動兩圈，一球砸在座車引擎蓋上，將引擎蓋砸凹了一個坑。

「哇，怎麼回事！」阿武等讓這突如其來的衝突嚇著，小歸仍回頭看著後頭那輛白色座車，突然嚷嚷叫起：「那是閻羅殿的車，啊……啊！我聽說過，這是『三明治』！」

「老小子果然見多識廣。」俊毅哈哈笑起，從腰間抽出甩棍，突然打開車門，半邊身子探出，抖開甩棍，以棍子格開一旁重型機車騎士砸下的狼牙棒，跟著一棍向前猛戳，戳在駕駛腰間；駕駛哇地怪叫，一個不穩，重型機車蛇行搖晃起來，阿茂也配合得極好，立時加速逼去，以車尾掃撞重型機車前輪，將重型機車絆倒摔車，一下子已沒於後方公路甚遠。

其餘數輛重型機車同時追上，棍棒、鐵鍊、開山刀等武器劈里啪啦地往車上砸，四面車窗登時碎裂破散，俊毅持著甩棍，索性將前座碎出無數道裂痕的窗給敲垮，任其散落，免得阻礙了視線。阿武等可嚇得驚慌失措，阿茂駕著車左右衝撞，一下子又撞翻兩輛重型機車。

「到底怎麼回事，什麼是『三明治』？」阿武大叫著。

「後面那輛白色的車是閻羅殿的車，想也知道是被司徒城隍買通的人，騎摩托車的那些是壞蛋、是犯人，表面上閻羅殿的陰差是在追捕那些犯人，實際上是串通好的，是在玩三明治，三明治就是吐司夾火腿蛋，他們是吐司，我們是火腿蛋！」小歸嚷嚷喊叫解釋。

「解釋得不錯。」俊毅冷笑著補充：「追捕這些重犯，死傷在所難免，一個不小心就『因公殉職』了，哈哈……」

「幹，我懂了！」阿武愕然罵著：「就算我們被做掉，也可以說是被逃犯殺的……可惡，俊毅不是說鬼魂恢復力很快，鬼也會死嗎？」

「會！鬼死了就是魂飛魄散，什麼也沒有了。」小歸喊著。

阿茂忽然大轉方向盤，避過一個重機車騎士甩向車窗的鏈球，跟著將油門踩到底，黑車速度再次飆快，但後方長型白車更快，顯然性能更佳。白車車頭逐漸逼近，一記一記頂撞著黑車車尾，阿武三人在後座被撞得不住彈跳。

「幹！」阿武看向後方白車，車身雖白、車窗卻一片漆黑，看不見車裡，他四處翻找，抓了些碎玻璃朝白車撒去，自然沒有效果。

幾輛重型機車，又自兩邊逼來，阿茂突然猛地向右迫去，將一輛機車逼撞在車道邊緣的防護欄上，壓著那輛重型機車連同騎士後座乘客向前拖行，阿武趁機透過那沒了玻璃的車窗，一拳拳揍擊著那兩個不住哀嚎的飆車惡鬼。

左方兩輛重型機車逼來，後座的惡鬼一縱而起，磅磅地攀住了黑車車身，伸手扯住了香婧頭髮，扒抓她的臉。

「你敢惹她，小心她抓狂把你扯成兩半！」阿武和小歸也不甘示弱，抵抗著另一個試圖往車裡鑽的惡鬼。

白色長車加速駛到黑車左側，緩緩搖下漆黑車窗，伸出一隻持槍的手。

那隻手上衣袖蒼白，戴著白色皮製手套，便連一柄左輪槍，也如象牙那般白。

「低頭！」俊毅按著阿茂腦袋向前壓去，兩枚子彈在阿茂腦袋上方掠過，卻射穿了俊毅左臂、左肩。

「俊毅哥！」阿茂抬起頭來，見到身旁俊毅中槍，憤恨急轉向左，黑車轟隆衝撞白車，兩輛車互相推撞擦擠，終究是白車性能較佳，一加速搶在前頭，白袖手臂仍伸在窗外，向後開槍。

「哇——」阿武等抱住了頭，伏低身子，躲避襲來的子彈，還有個掛在窗外的飆車惡鬼，被流彈擊中，摔滾下車。

阿武大喊著：「還不拔槍打回去？」

「我也很想，但我只有這個。」俊毅苦笑地揚了揚手上的甩棍。

白車陡然煞車，瞬間就停下，阿茂轉彎不及，轟然撞上白車車尾，阿茂和俊毅向前撲衝，飛出車外，砸撞在白車的後車窗上。

阿武、小歸等也不好過，撞上前座座椅，撞得暈頭撞向。

黑車翻覆，阿武、小歸、香婧都掙扎地往外爬，阿茂、俊毅也狼狽地自白車車身滾下落地。

重型機車隊紛紛停下，將阿武等圍在正中，白色長車前座車門雙雙開啓，步出兩個男人，一個身穿黑西裝、黑墨鏡、黑皮鞋、黑手套，另一個則是白西裝、銀絲眼鏡、白皮鞋、白手套，方才開槍的就是這白衣男人。

「是黑白無常！」阿武摀著流著血的腦袋，訝然叫著，他看著兩人一黑一白，正是傳說中的黑白無常。

黑白無常手上各握著一柄大口徑的左輪手槍，也是一黑一白。

而俊毅和阿茂，只有甩棍。

黑白無常站得挺拔，一前一後走來；俊毅和阿茂也試圖挺直腰椎，甩出墨黑甩棍。重型機車隊上的飆車惡徒也紛紛跳下，持著棍棒向阿武等逼去。

「喂！」黑無常一見到那些傢伙要開殺戒，突然大喊：「那些人是要留的，別動手！」黑無常分神一喊，俊毅一棍子自下向上掠，將黑無常的槍打上半空，跟著攔腰抱住了黑無常，將他往後翻摔。

「還看，開幹啦！」阿武的道行雖較香婧、小歸薄弱，但對這類街頭鬥毆的場面可不生疏，一見到那些飆車惡徒們聽了黑無常的叱喝而呆住，知道機不可失，撲衝上去抓著了一個傢伙手上的棍棒，同時抬腳將那傢伙踢倒，棍棒便這麼到他手上了。

「搶車！」阿武揮著棍棒，小歸和香婧緊跟在後，那些飆車惡徒們似乎小看了小歸和香婧，他們不知道這看似弱小的小男孩是隻數十年的老鬼，這蒼白的女孩則是凶案慘死的厲鬼，一個持開山刀的傢伙一刀劈斷了阿武的棍棒，正得意笑起，就讓隨後跟上的香婧一爪扒花了臉，高高舉起，給扔下了公路高架橋。

阿武搶過一台車，躍跨騎上，扭轉油門手把，聽見那轟鳴引擎聲，大呼過癮，美中不足的是這輛車也是紙紮車，還造得十分醜陋。他一催油門，前輪翹起，轟砸在一個衝來的飆車惡徒臉上，他是個偷車慣竊，騎車技術也好，此時搶著了重機車，士氣大增，機車向前衝去，撞倒了兩個飆車惡徒，但他看見香婧騰空飛竄，不禁有些洩氣：「我都忘了鬼會飛啊，那我們幹嘛開車？」

小歸蹦上了後座，說：「你就不會飛啊，而且飛久了會累！」

在阿武搶車同時的另一邊，白無常的槍口本已指向俊毅腦袋，但是阿茂像是瘋牛一樣地衝來，白無常不得不將槍口轉向對著阿茂，這時阿茂已經撲上了白無常的身，將他撲倒在地。

磅磅磅磅！

子彈從阿茂的後背炸出，但阿茂的拳頭卻沒有停下，將白無常的眼鏡打得碎裂、將他的臉打得歪斜。

磅磅！

左輪手槍中最後兩發子彈穿透阿茂的背，阿茂仍然毆擊著白無常。

俊毅則讓黑無常踢倒在地，他在車上就中了兩槍，此時手臂像讓炙鐵燒烙一般疼。

黑無常左顧右盼，見到落在地上的黑槍，他連忙俯身去撿，卻讓衝來的阿武騎著重機車撞飛老遠，阿武低身撿起槍，歡呼一聲：「酷！」他連忙轉身，對著追擊香婧的惡徒開槍，他開三槍，差點打中香婧，卻也逼退了四個飆車鬼。

阿茂停下手，喘著氣，不再毆打白無常，他的身子搖搖欲倒；白無常憤然竄起正要還擊，俊毅已經搶過了阿武手上的槍，將剩下三發子彈全送進了白無常的身子裡。

「來坐大台的！」阿武和小歸棄了那輛造型醜陋的紙紮重型機車，搶入了黑白無常乘坐的那長型白車，這車也是紙紮，但造工精美許多。

阿武發動車子，俊毅扛著阿茂入了後座，阿茂壯碩的身軀上有六個血洞，鮮紅色的血不停地淌出，俊毅也不好過，他手臂一樣負傷，身子傾斜坐著，模樣十分痛苦。

阿武駕車撞開了幾個飆車惡徒，將負傷的香婧也接上車，油門一踩，向前疾駛。

「等等……」俊毅沙啞喊著：「掉頭！」

「咦？不是要去閻羅殿嗎？」阿武問。

「暫時，不去了……槍殺黑白無常，麻煩不小，得從長計議……」

香婧氣憤抗議：「是他們要殺我們，我們只是正當防衛。」

「嗯，我也覺得不要去比較好。」阿武轉動方向盤，掉頭往來時的路駛去，起初尚有兩、三輛重機車緊追著，但這白色座車性能遠好過原先的黑車，一下子就將重機車隊拋在後方。

「俊毅哥，我……我透不過氣……」氣息虛弱的阿茂呢喃說著，他試著抬起手摸解著自己的領口，卻無力解開領口鈕釦。

「撐著點，兄弟。」俊毅撐起身子，替阿茂解開領口，阿武透過後視鏡，見到阿茂的頸子處喉節上方色澤分明，原來那牛頭是張面具，是戴在臉上的。

俊毅拍了拍阿茂的臉，揭下了阿茂的牛頭面具，牛頭面具本來有稜有角，一摘下臉後，像是戲法一樣地成了一張褐色帶角的薄牛皮。

阿茂是個國字臉，模樣竟只有二十上下，看來竟比阿武還年輕許多，他嗆咳著血，說：「俊毅哥，你當上城隍以後，記得幫我報仇……」

俊毅茫然看著阿茂，答不上話。

阿茂又說：「你當上城隍……情況一定會有所改變……」

「我會摘下司徒腦袋上的烏紗帽，把他打落十八層地獄。」俊毅沉聲說，聲音有些顫抖。

跟著，阿茂不再說話了。

阿武微微張嘴，想安慰俊毅幾句，卻不知該說些什麼，他只能駕著車，駛下了公路，往城市開去，偶爾透過後視鏡向後看，阿茂已不見影蹤，只剩下那套西裝和那張牛皮面具，如同小歸所說的，鬼也會死，魂飛魄散之後，就什麼都沒有了。

「曉武兄，我們得先將俊毅送去醫院。」小歸回頭見到俊毅較剛剛更加虛弱，便提議說：「我知道有個地方，是個小診所，我認識那個醫生。」

「咦，俊毅傷很重嗎？不是說鬼魂恢復很快？」阿武不解地問。

「黑白無常的子彈不一樣。」小歸搖頭解釋：「黑白無常有格殺權，他們用的子彈經過特製，打在鬼身上不會自動復元，打中要害、若傷勢嚴重，就像阿茂兄那樣了……不治療，俊毅會撐不下去的……」

「幹，不早說！」阿武又看了後視鏡一眼，見到俊毅仍抓著阿茂那張面具，仰靠著椅背，十分虛弱。

他急急問著小歸：「你說的那地方在哪？」

小歸說：「離這兒不遠，但是不能開這輛車去，太醒目了。」

阿武會意，閻羅殿或是城隍府的陰差有可能循著車子找人，他們將車子停在一座橋下，香婧和小歸合力抬著俊毅，盡快飛向小歸所說的那家診所。

阿武尚不會飛，只能遠遠追在後頭跑，他看見俊毅手上捏著的牛頭面具落了下來，便奔上去撿起，此時那張面具看來尋常無奇，只不過是一張褐色的牛皮，上頭的眼耳口鼻和兩隻牛角，像是用筆畫的一般，阿武抓著面具，已經見不到香婧和小歸了。

他朝著小歸告訴他的大致方向找去，跑了一陣，只覺得疲累不堪，滿頭大汗，他以手臂拭汗，牛頭面具上的短毛稍稍觸及他的額頭，他感到一陣麻癢，那面具像是有股磁力。

「嗯？」阿武將面具攤開，左右翻看，雖然看不出有何異樣，但他還是忍不住揭開了面具頸部的套口，對著腦袋一套。

他覺得從頭頂開始發出一陣酥麻感，像是一陣一陣微弱的電流在刺激著他的頭皮，緊跟著他將面具拉過了整個臉，那陣酥麻感彷若從四面八方傳進他的身體裡。

「怎麼會那麼爽！」阿武哈哈笑著，再跟著，他覺得他能夠隱約看見東西了，牛頭面具在他臉上起了變化，他的頭骨開始變形，嘴巴向前伸出，眼睛慢慢往兩側移轉，但他的可視範圍仍維持著和人一樣的正前方。

「果然跟我想的一樣，我變身了！」阿武活著的時候也總會看一些超能力英雄電影，因此對這時自己一顆腦袋從人頭變成牛頭一點也不覺得懼怕，反倒有種興奮期待感；事實上他死後來到陰間，更加離奇百倍的現象都體驗過了，戴上面具變成牛頭，這又算得了什麼。

「哈，我變成牛頭了。」

他摸著自己腦袋，頂上慢慢生出兩隻曲角，那曲角生得又粗又壯；他吆喝一聲，捏緊了拳頭，呼呼打出幾拳，覺得自己的力氣也變大了些；他隨意一跳，就將近兩層樓高，他歡呼一聲，又蹲得更低，奮力一蹦，足足四層樓高。

「飛——」阿武興奮喊著，向前做出了超人電影的飛撲姿勢，他的身子騰在空中向前滑去，儘管最終仍然落在地面，但仍然「飛」了十數公尺遠。

「你在幹嘛！」小歸遠遠飄來，從阿武的衣著認出他來。

阿武指著自己的臉，得意地說：「我變成牛頭了、我變成條子了！」

「俊毅醒了，他有話要跟你說。」小歸拉著阿武，轉過數條街，進入一棟漆黑大樓，他們往上走了三層，轉出樓梯，前方陰暗廊道只有一扇門透出光。

阿武推開了門，果然是一間診所，有張簡陋的問診桌子和一些醫療器具。

香婧倚著牆發愣，見到戴著牛頭面具的阿武進來，起先可嚇了一大跳，但認出了他的衣服，又見他身後的小歸，才知道是阿武，便指了指身後那張垂簾。

垂簾後方是一張診療床，俊毅赤著上半身躺在診療床上，他的左半邊胳臂腫成了兩倍大，彈孔處還不住地淌出黑紅汁液。

一個身穿白袍的年邁醫生正持著針筒替俊毅注射，見阿武進來，也只是斜斜看了他一眼。

「誰准你戴阿茂的面具？」俊毅虛弱地問。

「我摔了一跤，面具黏在臉上，就自動戴上去了。」阿武見到俊毅尚能說話，心中大石落下，便隨口開起玩笑。

俊毅指指一旁座椅，上頭擺著俊毅的西裝外套和兩本黑皮本子，那是阿武和香婧的人間記錄。

「什麼意思？」阿武拿起那兩本人間記錄，轉頭問。

「閻羅殿很快會對我下通緝令，我現在這樣子，碰上其他陰差，也沒輒了，你拿著那兩本記錄上陽世避避風頭吧。」俊毅這麼說。

「小歸要我下來避風頭，你要我上去避風頭，哈哈，陰間陽世，都沒我容身之處。」阿武笑著說。

「別忘了西裝口袋裡的照相手機。」

阿武提起西裝，掏摸口袋，他索性將西裝穿在自己身上，他本來的襯衫早已破爛不堪，纏在腰上的紗布經過一番追逐打鬥，也破損嚴重，他的腸子又快要掉出來了。「借我穿幾天不介意吧。」

「你高興穿多久都行……！」俊毅唔了一聲，胸口滲出大滴大滴的汗——老醫生揑著一把小刀，在他手臂彈孔上劃了一道小口。

「幹……我以爲只有在電影上才能看到……」阿武有些驚訝，他拉了張椅子坐下，湊近觀看，吹了幾聲口哨，又見到老醫生將一柄小鉗子深入彈孔，一陣掏摸之後，終於挾出了一枚彈頭，彈頭上還冒著青煙。

緊跟著，老醫生重複同樣的動作，在俊毅的肩頭取出了第二枚彈頭。

「我要你去做一件事……」俊毅總算喘著氣，在老醫生替那兩處傷口敷藥時，咬著牙說：「你跟我現在都無路可退，去閻羅殿告狀恐怕還不夠，想扳回一城，你就要上陽世告狀。」

阿武看著馬面渾身大汗，知道他疼痛難當，他忍不住稱讚：「俊毅老大，你還眞能忍，快跟關公刮骨療傷差不多了……你要我去陽世找誰告狀？」

「就是關帝爺。」俊毅哼哼地說：「你去找一間香火鼎盛的關帝廟，向裡頭的神官訴說你的冤屈，你把證據呈上，要他們將事情報給關帝爺知道。」

「這很容易。」阿武拍著胸脯說。

「一點也不容易。」俊毅嘿嘿一笑說：「陽世神廟裡頭，大都也有陰差巡守，你很可能會被陰差發現，通報司徒城隍，城隍府能夠直通陽世神廟，你也許會和司徒城隍面對面相遇。」

「那好，我會把他打得叫我爺爺。」阿武嘴硬地說，但心中不免有些忐忑。

「你戴上牛頭臉，鬼力會大點，行事應該會方便點……不過千萬……別和其他陰差撞上，你會被揭穿，假扮……陰差的罪名……很重……」

「你安心睡覺吧，交給我啦。」阿武見俊毅語氣斷斷續續，知道他體力透支，須要休息，阿武本要起身，突然想到了什麼，指著自己的腦袋問：「他叫阿茂對吧？」

俊毅愣了愣，點點頭。

「他是個好條子，我會替他報仇。」

「謝謝。」

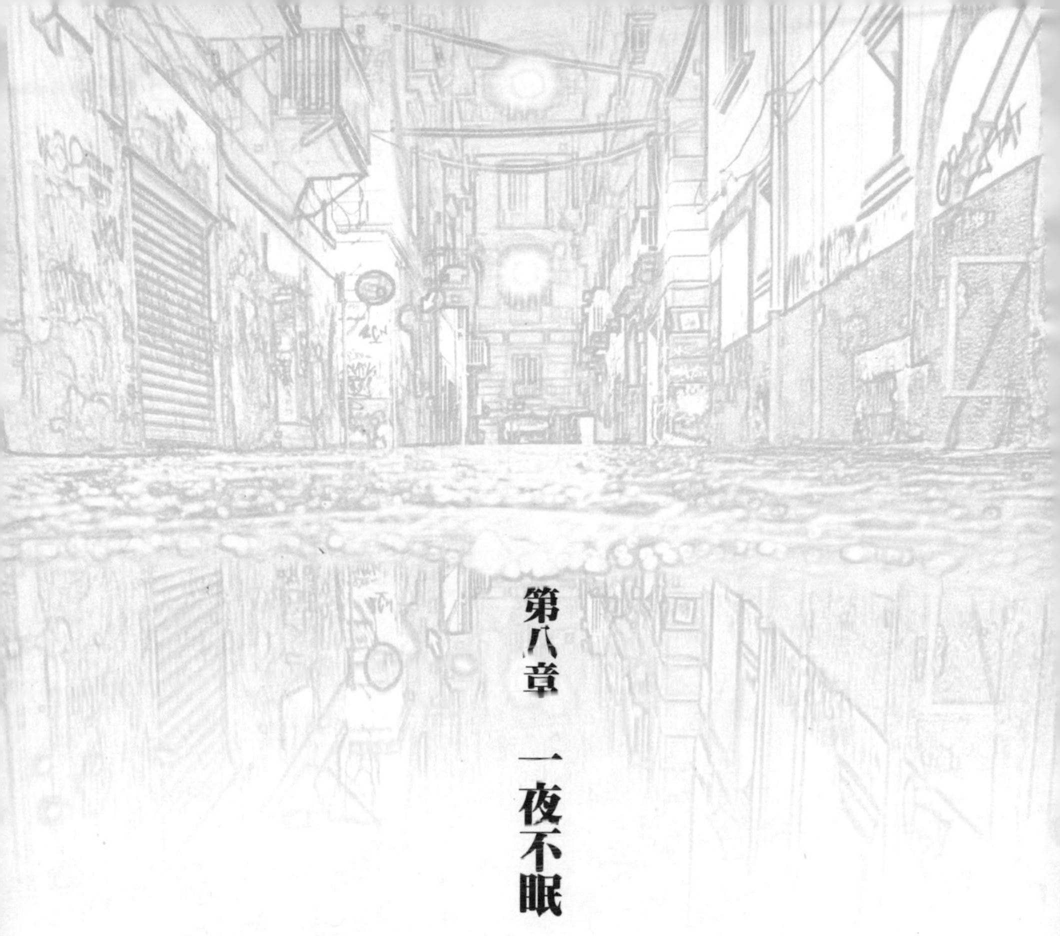

第八章　一夜不眠

窗外餘暉漸漸消褪，城市暗沉下來。

客廳的玻璃桌雜亂無比，堆疊著一份份文件資料、照片和幾散落各處的食物包裝、提神飲料空瓶。

那些資料全是記錄賴琨過往案件的片段線索。

王智漢雙眼滿布血絲，他右手雙指挾著的菸蒂已經燃至盡頭，他仍專注地看著左手上那張照片——香婧一家的合照。

他盯著照片中十來歲時的香婧，臉上堆滿疑惑。他吸了口菸，發現菸已燃盡，這才將菸扔進已經要滿出來的菸灰缸，重新再點燃一支菸，深深啜吸一口，數秒之後，才長長吐出一口煙霧，埋藏在煙霧裡的照片看來模糊迷濛。

照片中的香婧淺淺笑著，雙手搭著她兩個妹妹的肩，照片中六個孩子和那個因為長年愁苦而顯得比實際年齡大上許多的母親，都用同樣的眼神看著鏡頭——感激的眼神。

持著相機的人正是他，王智漢。

他還記得那一天是香婧的生日，他帶著蛋糕，和自己一雙兒女前一年使用過的課本和參考書，送給香婧的弟弟妹妹。

當時他本來將參考書和蛋糕放下後就要匆匆離去，照片是在香婧的母親請託之下，才用生疏的技法，替香婧一家拍下這張全家福，捕捉了這一家人在經歷一連串不幸之後的微小幸福瞬間。

王智漢皺了皺眉，他沒辦法理解數天前香婧那番舉動。

當天他昏昏沉沉躺在賓館的床上，見到香婧在床邊一會兒踱步嘆息，一會兒接聽電話，一會兒神神祕祕不知在高興什麼，跟著，香婧的喜悅轉變爲驚恐，幾個凶惡男人闖入，帶走了香婧。

由於這一切都在他意識不清的情形下進行，他不曉得這究竟是夢境還是眞實，當不知道過了多久，他逐漸清醒的同時，他發現躺在他身旁的是另一個少女，是一個年齡看來比香婧更小的少女。

少女僅穿著內衣，以手枕著頭，睜著雙眼，茫然看著天花板。

接下來的場面他也記不太清了，只能大約記得當他驚慌失措地要少女穿上衣物，帶著她下樓步出賓館時，便碰上「恰好」突襲臨檢這家賓館的警察同仁們。

緊接著當天晚上，各大電視台與數家報社不約而同地收到能夠讓王智漢身敗名裂的偷拍照片，是王智漢與少女同在床上、衣衫不整的照片。

儘管這起事件和那些偷拍照片有太多疑點，但畢竟「資深刑警誘拐未成年少女上賓館」這事情太聳動了，在避免波及更高層長官的大前提下，他仍在非自願的情況被迫休假，得以遠離輿論砲火，靜待事件水落石出。

但工智漢又怎麼會甘心，他試圖聯絡香婧，當然是徒勞無功，當時香婧早已被綁上偏僻的山區，正經歷著恐怖凌虐。

他並未驚動香婧家人，而是轉向香婧所待的酒店探詢，同樣也找不著人，只得知香婧接待的最後一個客人，正是他那心頭大患——賴琨。

他想起遭到設計那天，昏沉之間所見情景，他憑藉著自己超過二十年的辦案經驗，幾乎能夠拼湊出一個完整的事件經過了。

於是他將矛頭轉移至賴琨身上，他要想辦法找到關鍵證據，替自己洗刷冤屈，將這個橫行霸道、卑劣猥瑣、無惡不作的黑道頭子繩之以法。

他將妻女送回娘家躲避風頭，自己不分晝夜，全天二十四小時地整理賴琨犯罪資料，因此現在的他實在太累了——他已有數天沒有返回臥房，而是在累到極點時，才靠著沙發椅背小歇片刻，其餘時間，便全花在推敲這次事件，以及賴琨另幾件案子的前因始末上。

在一片煙霧瀰漫之中，他覺得自己的眼睛幾乎要睜不開了，於是他將吸到一半的菸按熄，再一次地仰靠在沙發閉目闔眼。

他比先前幾次更快速地入眠，進入夢境。

他夢見自己的妻子似笑非笑地望著他，他只得也回以一個歉然的笑容，溫柔說著：「眞是抱歉，又拖累妳跟孩子們了……」十數年來，有好多次他因爲經辦那些組織犯罪的案件，讓他的妻子和兒女必須返回娘家躲避那些仇家可能展開的報復。

孩子生日，替她唱首生日歌吧——

有一個聲音在他耳邊這麼說，儘管這聲音並不像他妻子，但大多數時候當人進入夢鄉時，腦袋裡的邏輯與清醒時是大不相同的，他這時便毫不懷疑地將這聲音當作是他妻子對他說話，他向來不會唱歌，他開口說話人家都聽得懂，但一開口唱歌，人家只會以爲有頭牛在哞哞叫。

所以他苦笑著搖搖頭，只說了一句：「生日快樂。」

我準備了蛋糕，切一塊給孩子吧——

那聲音這麼說，他那面目模糊的妻子遞給他一柄用來切割蛋糕的塑膠鋸齒刀，他接下來，在他面前有一個不大不小的蛋糕，他點點頭，說：「書語要吃多大塊？」書語是他的女兒，是個高中生。

太大塊了啦，幫我切小塊一點，人家要減肥啦——

「減個屁肥，多吃一點！」他本要悍然拒絕，他覺得女兒最近這陣子減肥減得過了頭，但他才剛這麼說，就見到手上端著的那一大塊蛋糕確實是太大了，超出了底下的餐盤，幾乎覆蓋在他的手腕上，他只得試圖將蛋糕分切得更小塊些。

他微笑著下刀。

「王仔，你女兒生日早就過了！」一個聲音在他耳邊爆炸吼起。

王智漢一愣，陡然醒神，客廳中一片寂靜。他發現自己直挺挺地坐著，右手握著他用來整理資料、切割報章雜誌的美工刀，左手則微微抬著，美工刀的刀刃已經劃破了他手腕表皮，只差一點，就要切進動脈血管了。

他望著前方那台關閉的電視，從漆黑螢幕的反光裡，他看見自己僵凝的動作——割腕自殺。

「喝！」王智漢將那柄美工刀拋得老遠，猛地站起，看著自己微微滲血的手腕，魯莽地抽了幾張衛生紙按壓止血，方才的夢境迷濛模糊，他早已忘得一乾二淨，此時的他只感到極度的莫名其妙——他爲何要自殺？

他呆呆站立在寂靜的客廳中——對他來說是寂靜的，他並未看見和聽見，就在他身旁不遠那沙發一角，一個臉色灰白的年輕枉死鬼，正讓香婧掐著腦袋，又讓小歸架住雙肩，無法逃脫，只能以雙腳亂蹬、怪吼怪叫。

阿武雙手交叉抱胸，他仍穿著俊毅那件西裝，戴著牛頭面具，也顯出幾分威武，他砰砰地在那枉死鬼肚子上揍了兩拳，打得那枉死鬼嘔出一團團青灰色的醬汁。

「哇幹，你吐賽喔！」阿武趕忙縮回手，喝問：「是不是賴琨他叔公叫你來騙王仔自殺的！」

枉死鬼也不答話，他眼神迷離、身子顫抖，小歸從口袋中掏出一小瓶透明玻璃瓶，滴出幾滴奇臭無比的透明藥水，在枉死鬼鼻下塗抹一番，枉死鬼才劇烈嗆咳起來，眼神也轉而清晰，大夢初醒。

玻璃瓶裡裝著的是陰間老醫生特地調製給小歸的藥水，能夠化解某些操控鬼魂心智的邪降異法，對香婧發狂的情形也能有效控制。

阿武喝問：「你叫什麼名字？混哪裡的？你幫著賴琨做事，你不知道他是我的死對頭嗎？」

「賴……賴琨是誰？」枉死鬼已經連自己是誰都記不太得，他斷斷續續地說：「我認識你們嗎？你們又是誰？我應該死了吧？師父叫我辦事，給我東西吃，我就照做了，誰知道你的死對頭是誰，你自己又是誰？」

「敢頂嘴！」阿武揚起拳頭又作勢要揍人，嚇得枉死鬼哇哇大叫，但阿武的拳頭並未揮下，他只是說：「你看清楚我的樣子，牛頭馬面你聽過沒？」

「牛頭馬面！牛頭馬面！」枉死鬼害怕地說：「你是來抓我的？」

「你被一個壞法師控制，做了一堆壞事，你慘了、你完蛋了、你死定了！你最好找一個好律師，不然就等著下十八層地獄吧。」

枉死鬼面如死灰地顫抖著，他感到十分委屈，替自己辯解著：「我……我根本不記得自己做了什麼，我只知道我肚子很餓，有個人給我東西吃，我就照著他的話做，我不知道他是誰……」

「那個人是不是年紀老老的，髮型跟河童一樣，頭頂是禿得發亮，周圍一圈留很長，還綁成辮子。」

「對、對……師父就是長這樣……」枉死鬼哭點頭。

「他是個壞法師！」

阿武又問了幾個問題，諸如賴琨叔公施法的過程，或是到底操控著幾隻鬼等等，但這年輕枉死鬼一問三不知，之前的事對他而言像是一場夢。

阿武只得攤攤手說：「好吧，條子大哥我念在你剛出社會什麼都不懂的份上，放你一馬，你現在馬上給我滾回陰間，再也不准上來！」

「陰間，那是哪裡？要怎麼去？」

「你去捷運站坐最後一輛列車，記得，是一輛白色列車，別坐錯了！」阿武重重拍了他肩膀幾下，提著他來到陽台窗邊，小歸則將一張名片塞進那枉死鬼的口袋裡，在他耳邊說：「你在底下記著別惹是生非，幾天之後，到這個住址找我，我是專業經理人，可以幫你弄點錢，當然我會抽取一些佣金，記住了……」

枉死鬼連連點頭，跟著，便給阿武一腳踢得墜樓，狼狽地跑不見了。

小歸看著枉死鬼邊跑似乎還邊確認著那張名片，這才滿意地點點頭，對阿武說：「我們從賴琨身上弄一筆大的，一部分用來打通關係，在底下開一間事務所，專門教導菜鳥鬼向陽世親人託夢要錢，怎樣？」

「不要啦，我要開一間車行……」阿武正經地回答。

小歸對卻他的計畫感到不以爲然，兩人在陽台上爭論了一會兒，這才回到客廳，只見到王智漢心神不寧地在客廳踱步，他打了一通電話給他的妻子，重複叮囑著一些「凡事小心」之類瑣碎的事，跟著上廁所洗了把臉，回到沙發上，又點燃一根菸。

在裊裊煙霧中，王智漢起先像是觸電般地彈跳起身，他揉揉眼睛，看著漆黑電視螢幕中，自己的身影旁，還站著一個女性身影。

他回頭，清楚地見到香婧朝他微微笑著。

「謝香婧，妳——」王智漢驚訝地大叫起來。

香婧並未答話，只是撥了撥髮，同時伸手揭開了她頸子上纏繞著的白色紗布，露出了那大裂口。

「啊——」即使如王智漢這般資深刑警，一見那可怖大裂口也不禁向後倒坐，摔在沙發和玻璃桌之間，不可置信地看著眼前的香婧。讓他驚訝的當然不只是傷口本身，對於刑警、醫護人員、救難隊，甚至是殯葬業之類的從業人士而言，那些肉體上的恐怖傷痕並非那麼稀奇，但他從未見過脖子上帶著這樣傷痕的人，可以若無其事地對著他笑。

「妳……妳……」王智漢甚至站不起身，只能癱軟伸手指著香婧。

「王大哥，求你替我伸張正義……」香婧緩緩跪了下來，向王智漢磕了幾個頭，再抬起頭時，是一臉淒楚的笑。

「妳……香婧，妳，妳怎麼了，那一天妳爲什麼……」王智漢當然不明白這一切經過，他結巴地問。

「我已經死了……」

王智漢儘管已經略微猜到，這麼一聽，仍然像給針刺到一般。他掙扎站起，一個腳軟坐倒在沙發上。同時，他見到客廳中還站著兩個傢伙，當然正是小歸和摘下牛頭面具的阿武。阿武在那家小診所裡讓老醫生打了兩劑成分不明的營養針，增加不少鬼氣，道行略有進展，加上小歸和香婧指點，已經大約知道該如何現身給想要讓他見到的人看。

「你是張曉武，你……」王智漢又是一驚。

「幹，王仔，好久不見，一見面就嚇到你了，眞是歹勢啊！」阿武笑著說，跟著又說：「我也掛了，你以後再也沒辦法抓我了。」

「你們……來找我幹嘛？」王智漢問。

「我來報好消息給你的，你被癩皮狗陷害，你自己知道吧。」阿武這麼說，他早也發現桌上那些資料。

「王大哥，求你把這個壞人抓起來。」香婧插口說。

接下來，是香婧和阿武輪流述說著賴琨這段期間的種種作爲。

王智漢起初戰戰兢兢地聽著，但他畢竟有著一副熱血心腸，當他知道香婧遭受到的凌虐時，懼怕之意早已飛到九霄雲外，取而代之的是對香婧的同情和對賴琨的憤怒；當然，他對阿武的同情則少些，他用以往教訓人的口吻對阿武說：「小子，你那天如果把粉拿給我，你就不會死那麼慘了。」

「幹！」阿武抗議：「好歹我也是因為對抗癩皮狗這個大壞蛋而死，你就不能讚美我幾句嗎？」

「就算你們不來拜託我，我自己也想趕快抓到癩皮狗那個豎仔，他不是做大哥的料——做大哥要壓得住小弟，別讓小弟幹一些下三濫的事，那個癩皮狗連自己都管不好，專帶頭幹這些下三濫的勾當，我不抓他，我就跟他姓。」王智漢大力拍了一下桌子，他突然想起什麼，瞪了瞪阿武說：「剛剛我拿著美工刀自殺，是你在整我嗎？」

「才不是！」阿武大聲辯解，再將賴琨叔公是個偏門法師的事大致說明，提醒王智漢：「你要小心啊，我看見你的人間記錄，癩皮狗想要殺了你。」

王智漢不知道人間記錄是什麼玩意兒，但還聽得懂「癩皮狗想要殺了你」這句話，他哼哼地說：「想要殺我的人多著了，可惜這麼多年他們都沒辦法稱心如意。」

「這次不一樣，不是人要殺你，連鬼也要殺你。」阿武這麼說。

王智漢愣了愣，以往他總是每日誠心焚香祭拜警局中供奉的關帝像，更兼有一身凜然正氣，因此賴琨叔公那些孤魂小鬼總是無法近身，但此時這起誣陷醜聞使他身心俱疲、鬱鬱不樂，等同是門戶大開，得以讓那些受了邪法操縱的惡鬼有機可趁了。

「王大哥，賴琨他手下人多勢眾，又有一個會養鬼的叔公幫忙，只憑你一個人，很難抓到他，我們會暗中幫你，不過還有一件事也要拜託你。」

「什麼事？」

「請你上一間關帝廟，把除了關公大老爺神像以外的神像，都……都……」香婧一下子像是難以啓齒，她婉轉地說：「封了。」

「封了？怎麼封？」王智漢不解地問：「況且我爲什麼要這麼做？」

「幹，這說來話長耶！」阿武嘆了口氣，摸著肚子，在王智漢家中四處蹓躂，問：「有沒有吃的？」

於是王智漢泡了四杯咖啡，又煮了四碗加蛋泡麵，一人三鬼，各自食用，阿武以香灰吹拂在三碗麵和三杯咖啡上，他和香婧、小歸端起碗，捏起杯子，便能夠享用到熟悉的泡麵和咖啡了。

王智漢自己一面吃著，一面聽著阿武述說陰間種種，馬面俊毅和司徒城隍之間的鬥爭過節。他問：「所以那個陰間警察，要你上來向關帝爺申冤？」

「沒錯，但是每間大廟都有城隍神像跟巡邏的陰差，我們直接進廟裡很危險，有可能碰上司徒城隍的手下，那樣子的話，我們狀沒告成，會直接被司徒城隍派來的小兵圍爐到死。」阿武煞有其事地說：「以前我都不知道，那些神像超屌的，就跟電腦網路一樣，神明或是陰差，可以從天庭直通陽世每一尊神像，所以我要王仔你幫忙把那些城隍啦、牛頭馬面什麼的神像封了，好讓我們直接跟關帝爺告狀。」

「說來說去，到底要怎麼封？」

「嗯……辦法有很多，看哪一種你比較方便。」阿武摸摸鼻子。

「你說。」王智漢點點頭。

「第一個方法是把神像砸了……」

「不行！」王智漢連連搖頭：「這樣是毀損私人財產，你要害死我？而且如果是石像、銅像之類的，也砸不壞吧。」

「對，潑撒穢物，也就是大小便，也可以暫時封住神像的靈性。」

「這樣我一樣會被告……」王智漢哭笑不得地說：「而且這樣對神明太不敬了。」

「所以有個差不多，但是比較乾淨，也比較好收拾的辦法。」阿武頓了頓，說：

「內褲。」

「內褲？」王智漢愕然。

阿武點點頭，說：「男人女人的內褲都行，只要是穿過的都行，洗過也沒關係，只要用內褲遮住神像的眼睛，就能暫時封住神像靈性，阻止司徒城隍上來攪局。」

「可是……」王智漢嘖了一聲，仍然有些猶豫。

「放心，不會讓你親自動手，我會找我的小老弟阿爪來套內褲，你得盯著他，阿爪現在是癩皮狗的白粉中盤商，只要逮著他，人證物證就都拿到手，可以準備通緝癩皮狗了。」

「喔！」王智漢聽阿武這麼說，倒是精神大振，他處心積慮想要找著賴琨的犯罪證據，但是賴琨有鬼神相助，偶爾有些證人想要指認賴琨，往往都會離奇發瘋或突然生重病，一些證物也會莫名其妙地不翼而飛，倘若這次能夠逮到幫賴琨販毒的大藥頭，那必定能夠一舉將賴琨定罪了。

「但是你要怎麼讓他乖乖聽話？」王智漢問。

「他敢不聽？」阿武吸了口氣，扠起手，嘿嘿地笑。

□

客廳的燈大亮，阿爪仍窩在髒沙發上，玩著他新買的電玩，他的胸前掛著各式各樣的護身符，其中一個是經過賴琨的叔公施法加持，分發給每一個手下，作爲護身之用。

此時阿爪早已將先前那晚鬧鬼動亂拋諸腦後，他對賴琨叔公有十足信心，他知道有叔公賞賜的護身符，那就是百鬼不侵了。他剛替賴琨向一個大客戶談妥一筆生意，約定一週後見面交易，他便能夠替賴琨將那批加料毒品脫手，如此一來，他在賴琨組織裡的地位就會提高許多，他不再是以前那個偷車小混混屁股後面的小跟班了，他即將搖身一變，成爲能夠替賴琨賺大錢的得力助手，他會和阿豹平起平坐，在道上佔有一席之地，他的名字會開始響亮起來，有一天，人家會叫他「爪爺」，他終於明白阿豹爲何總是給他臉色瞧，原來是因爲即將失寵了。

「幹，阿豹那個大塊頭，有勇無謀，等我爬到他頭上，看我怎麼整他，哈哈！」阿爪一想到此，就忍不住開懷大笑。他一面喝啤酒，一面打電玩，還不時高興地自言自語：「再過不久，人家就要叫我『爪爺』了，哈哈！」

他笑得咳了起來，重重在大腿上拍著，並未注意他胸前那堆護身符袋其中一個——叔公給他的護身符，讓阿武偷偷打開小袋，抽走了裡頭的符。

阿武拆開那折成六角的黃符，果然見到符上火光爍爍，但他戴著牛頭面具，此時可具備陰差力量，又怎麼會將這制鬼符籙放在眼裡。他將符撕成了碎片，扔進馬桶沖了。

「好啦，現在要怎麼伺候我們的爪爺？」香婧和小歸這才穿牆而入，看著僅穿著一條內褲的阿爪正自得其樂地吃著豐富小菜、喝著冰涼啤酒、打電玩、自稱爪爺。

「我們的爪爺超愛看鬼片的，我們就演給他看。」阿武歪著頭想了半天，已經有了打算，他向小歸指指阿爪身前的桌子說：「你躲在桌子底下，摸他的腳，然後張開嘴巴大叫，要叫得像是殺豬似地，包準嚇到他尿出來，這部電影他看過很多次，每次看到那個小鬼現身都會破口大罵喔，這次看他罵不罵得出口。」

跟著他對香婧說：「茉莉妹妹，妳躲進電視機裡，用爬的出來，這片超經典的！」

香婧呵呵地笑，她當然知道這幾年那些知名鬼片的橋段，也覺得有趣，倏地鑽入電視機中。

「準備好喔，要開始囉。」阿武走到電燈旁，故技重施，又將燈關上了。

阿爪著實讓這突如其來的漆黑嚇著，他哇的一聲彈跳到沙發上。

他從沙發斜斜向下望，見趴伏在桌下的小歸正張大嘴叫：「唔唔——唔唔唔——」

「幹，不是『唔唔』啦，是殺豬似地尖叫，你沒看過那片喔！」阿武在一旁糾正。

小歸撇過頭說：「我沒看過啦，我當鬼幾十年了，還看個屁鬼片！」

儘管此時小歸的扮相和演技遠不及該部電影中的小男孩驚悚嚇人，但對阿爪而言卻是極眞實的親身體驗，有多少人能不被突然出現在腳下的怪小孩嚇著？

「我就不信我沒那個小鬼可怕！」小歸不甘示弱地揭開他頭上的鴨舌帽，現出他那四分五裂的頭蓋骨，露出噗噗跳動的破碎腦子。

「哇啊——」阿爪嚇得魂都飛了，他尖號著要逃，卻讓小歸一把抓住腳踝，翻摔下地，還摔斷了一顆牙，痛得眼淚都飆了出來。

電視機沙沙幾聲，變成閃爍雪花，跟著清晰起來，畫面當中的女鬼低垂著頭，長髮遮面，只露出一顆怒睜著的青黑眼睛。

「唔啊——」阿爪摀著嘴要逃，四肢卻動彈不得，他雙腳讓小歸抓著，上半身讓阿武按著，只能僵坐在原地，看著香婧模仿著經典鬼片裡那隻恐怖女鬼，嘎吱嘎吱地爬出電視，倏地來到他面前。

叔公給他的護身符讓阿武沖進了馬桶，剩餘的那些廉價符籙，此時便像是廢紙一般，毫無作用。

香婧仍以那長髮間隙後的眼睛，和阿爪持續對望了三秒。到了第四秒時，香婧的長髮瞬間豎起，雙眼炸出血來，血口大張，頸子倏然裂開。

阿爪昏了——

他像是燒斷保險絲般軟下，一動也不動。

阿武一驚，連忙側耳聽他胸口，察覺還有心跳，這才放心，說：「還好，要是把這背骨囝仔嚇死，連證據都沒了。」

「他昏過去，要怎麼跟他講，託夢嗎？」阿武在小歸的指點下，進入阿爪的夢境，先是凶狠地斥責他一頓，揪著他的頭髮交代事情，最後，再狠狠賞了他一巴掌。

阿爪醒了，客廳依然漆黑，對他而言，卻像是不醒的惡夢，香婧仍然蹲在他面前，一見他醒過來，長髮再度豎起，雙眼又炸出血，頸子又噗嗤裂開。

「呃啊——」阿爪魂飛魄散，但這次沒暈，反倒是尿了出來。

阿武自後伸手，以手臂勒住阿爪的頸子，搖晃幾下說：「你他媽的，聽懂我講的話沒有？」

阿爪一愣，這是阿武生前時常對他做的動作，是哥兒們表示交情好的打鬧動作，他驚懼地問：「曉……曉武哥，真的是你？」

阿武摘下了牛頭面具，冷冷地說：「不是我還有誰？」

「曉武哥，我……對不起……我……」阿爪顫抖著，流下不知是驚恐還是難過的淚水，呢喃地說：「那一天……我回去停車場……看見你……」

「別提了！」阿武厲聲打斷阿爪哭訴，他說：「現在沒空聽你哭！死背骨囝仔，我剛剛要你做些什麼，你重複一次給我聽。」

「你……你……」阿爪哭喪著臉，戰戰兢兢地回想，「你要我偷一百件內褲？」

「對，然後呢？」

「然後……然後去向王仔自首……」

「沒錯，去向王仔自首，不是因爲偷內褲自首，是要你指證賴琨販毒跟殺人。」

「曉武哥……這樣……這樣我會很慘……」阿爪一把鼻涕一把眼淚地說。

「幹！你慘？你怎麼不說你把我害得多慘？你有我們慘？」阿武大怒，重重打了阿爪幾巴掌，香婧和小歸鐵青著臉，一個七孔流血、一個露出腦漿，紛紛向阿爪湊去。

「我自首！我指證賴琨！」阿爪哭著嚷嚷。

「還有咧，別裝死！」阿武繼續逼問。

「還有……」阿爪狐疑地說：「你說……你剛剛說，把內褲……套在神像頭上？」

「除了關帝爺像，其他的全套上內褲。」阿武糾正。

「這……這爲什麼？」阿爪驚慌不解。

「你管那麼多幹嘛？你照做就是了！」阿武怒罵，香婧跟小歸又露出猙獰面目，且將臉貼去。

「我做！我做……曉武哥你叫我做什麼我都做，你原諒我……嗚……」

□

破曉時分，阿爪揹著一個黑色大背包從某戶一樓人家後陽台翻出，在小歸的掩護下，他躲過了巡邏員警的追逐，返回自家。

他的背包裡滿滿裝著九十三件內褲，但阿爪卻一點也沒有行竊成功的喜悅，或是身爲變態偷衣賊的興奮感，他那九十三件內褲的主人只有三類——老阿公、老阿嬤，或是中年阿伯。阿武要小歸掩護著阿爪，以免失風被抓，同時這是對阿爪的懲罰，可不能爽到他，因此當然只能偷以上三類人的內褲。

「阿爪這渾球超下流的，連歐巴桑的內褲都別讓他碰，只讓他偷老人跟阿伯的。」阿武當時這麼叮嚀。

於是阿爪偷遍了方圓百公尺內的老人內褲。他覺得有些頭昏反胃，躺倒在沙發上，小歸則津津有味地玩著阿爪的電動，且不時吩咐阿爪，有機會要燒些紙錢給他和阿武。

阿武和香婧，則早早返回了王智漢的住處，以防賴琨叔公再派其他鬼怪上門，在香婧和阿武的輪流守護下，王智漢也得以好好地睡了這些天來最沉的一覺，他知道自己終於能夠逮著那個賴琨了。

太陽在王智漢和阿爪沉浸夢鄉時悄悄升起，又在他們逐漸轉醒時緩緩沉落。

一天悄悄地溜過了。

第九章　武廟

「阿爪？」王智漢這一晚穿著短袖襯衫、西裝長褲，嘴裡叼著菸，皺眉看著眼前戴帽低頭、揹著背包的阿爪。

「王仔。」阿爪看了王智漢一眼，又低下頭。

王智漢點點頭，呼出口煙，伸出二指用力擰住阿爪臉頰，厲聲問：「你不知道販毒要判死刑嗎！你跟誰借的膽子？」

「啊……」阿爪讓王智漢擰得疼痛難當，卻不敢反抗。

王智漢鬆開手，將菸扔下，踩熄，嘆了口氣說：「貨都帶來了嗎？」

阿爪點點頭，指指背包。他的背包中那九十三件內褲底下壓著的，正是加料毒品其中一部分，那些小藥頭已經將錢匯入賴琨指定的帳戶，他本來應當將這些毒品一一交付給小藥頭們。但此時他卻將這些毒品帶在身上，當然是要用來指證賴琨用的，背包裡還有幾張光碟，全是他與小藥頭利用網路聯繫時的通信記錄。

「你替賴琨賣出多少貨？」王智漢問。

「我幫賴爺談成十幾筆生意，錢都匯進賴爺帳戶裡了，昨天賴爺才要阿豹把貨交給我，我還來不及轉交給那些小藥頭……」阿爪怯怯地說。

「算你走狗運，以後別忘記替張曉武上炷香，他拉了你一把。今晚的事辦好，我帶你去找檢察官，我會跟檢察官說你是我的線民，只要你乖乖作證，頂多被查出一些偷車舊案……」王智漢正色說：「不然你哪一天栽了，可是要被槍斃的耶。」

「謝謝王仔。」阿爪顯得有些失魂落魄，他本來以為自己要搖身一變成為道上大角色，變成賴爺得力手下，有朝一日甚至可能取而代之，當上大哥大。但這下子，他又變回小混混了，且還是被道上兄弟最不恥的抓耙子。

但此時他即便是無奈失落，卻又能如何？也只好乖乖跟著王智漢穿越幾條馬路，朝著一座即將熄燈謝客的關帝廟趕去。

這間不大也不小的廟是阿武他們特別篩選挑中的，假使廟宇規模太大、香客過多，廟方人員自然也多，他們下手時便困難倍增；但若平日冷清無人，那申冤通達效果大概也不會太好。

王智漢和阿爪一前一後來到關帝廟圍牆外，此時已入深夜，廟方人員鎖上大門，只剩下一個留守阿伯，正在洗澡，準備上床歇息。

兩人尋得一處不會被監視攝影機拍到的死角，協力攀牆而過，他們躡手躡腳地奔過外院，朝正殿趕去，阿爪隨口問：「王仔，你眞的搞上未成年小妹妹喔？」

「當然沒有！別囉唆，快點把內褲拿出來！」王智漢惱怒地催促，阿爪心不甘情不願地取出幾件阿婆內褲。

王智漢掏出一卷膠帶，扔給阿爪，指著身後圍牆大門上那對門神，說：「貼在門神臉上。」

阿爪遲疑問：「王仔，曉武哥爲什麼要我們這麼做？這樣褻瀆神明會遭天譴耶……」

「你販毒就不怕遭天譴？」王智漢踢了他一腳，見他動作不乾不脆，索性也自他背包挖出一把內褲，一見全是老人內褲，不禁咒罵：「你他媽的口味這麼重啊！」

「是曉武哥，唉……」阿爪也無力辯解，見王智漢連連催促，也只好彎著身子，來到圍牆大門邊，用膠帶將內褲貼在兩個門神的臉上，還唯唯諾諾地拜了幾拜，呢喃祝禱著：「神明大人莫怪罪，我是身不由己……」

王智漢則挾著一把內褲，特地挑出兩件特大號也不知是阿公還是阿婆的內褲，套在內堂門前的兩隻石獅子頭上，他推了推那正殿大門，發現也上了鎖，只得摸索一陣，來到窗邊，搬動窗戶，將窗戶卸下，翻入其中。

正殿裡亮著兩盞昏黃小燈，顯得肅穆而安詳，正殿大小約莫數十坪，正中一張神壇極大，中央供奉著正是關聖帝君像，其餘尚有一、二十尊各路神明塑像，在正殿右方也有一張大壇，供奉著有十殿閻王、判官、城隍，以及牛頭馬面，正殿左側的小神壇則供奉著土地公等小神。

阿爪跟在王智漢身後進入正殿，他對王智漢說：「王仔，你比賊還像賊。」

「別囉唆，快動手。」王智漢將內堂大門的門神像也貼上內褲，兩人兵分二路，阿爪趕去左側，替土地公們戴上內褲，他老家也有親戚經營神壇，倒還沒忘替桌下的虎爺像也套上一件褐紅內褲；王智漢則繞至右側，將一件泛黃碎花橫菊紋褲，套上居中那位黑臉城隍像的腦袋上，牛頭馬面、十殿閻王像也一一淪陷逃不過老人內褲的襲擊，全給遮住了臉。

跟著，兩人轉向攻往中央主桌神壇，替一尊尊神像遮面封靈，畢竟主桌上的塑像都是大有來頭的神明，阿爪套戴內褲的手不禁發顫。

「你怕什麼，這些只是雕像，是神明和人間聯絡的橋梁，就跟手機、電腦網路一樣，又不是神明本身，你誠心誠意、改過自新、懲奸除惡，神明疼你都來不及了，又怎麼會怪罪你！」儘管王智漢對阿爪這麼說，他行事間仍不免彆扭，手上的內褲挑挑揀揀，動作緩慢許多。主桌寬大高聳，他們得小心翼翼地向上攀去，深怕弄翻了桌上燭台香爐什麼的，驚動了守夜阿伯，就這樣折騰好一會兒，終於將大部分的神像全遮了臉。

「幹得好！」阿武領著小歸、香婧穿門而入，環顧四周，見到數十尊頭套內褲的神明塑像，可又是緊張又是好笑。

阿武此時戴著牛頭面具，具陰差身分、靈氣，一點也不怕關帝廟中的神力，香婧和小歸則躲在黑傘底下，不敢擅自踏出一步，他倆只覺得四周蜂鳴嗡響，大部分神像雖給套上了內褲，但神壇正中那持著偃月刀的關老爺像卻仍是威風凜凜，散發出炙熱如火的紅光，小歸和香婧儘管有黑傘庇護，卻仍熱得不停冒汗。

小歸畢竟是老油條，拉著香婧跪下，不停磕著響頭，嚷嚷喊著：「關老爺明察秋毫啊，我們實在是逼不得已，只能用這種方法來向您申冤啊——」

「王仔，幫忙上香！」阿武戴著牛頭面具，穿著俊毅黑西裝外套，雖然下身是一件破爛牛仔褲，但總也顯得威風凜凜，下達命令時也增添幾分說服力。

「喂，老兄，你們這是在幹嘛？」一個臂上掛著一枚橘色臂章的小兄弟自屋梁翻下，遠遠地向阿武喝問，他是天庭神仙界派在人間廟宇的巡守差使，方才王智漢、阿爪鬼鬼祟祟地闖入廟裡，做出這等怪異行徑，都讓他瞧在眼裡，但按照規定，陽世諸事當由凡人律法規範，一般小神小仙若無長官吩咐，也無權干涉，因此某些賭輸了錢就放火燒廟、破爐砸像的傢伙始終大有人在。

但此時巡守差使見陰差都來了，身旁還帶著兩隻野鬼，這可不能視而不見，只得出聲詢問。

「我們要向關老爺申冤，你別多管閒事！」阿武扠著腰說。

「你是陰差吧，你歸底下哪個城隍管？有沒有證件？」巡守差使這麼問。

「吶！」阿武自胸口掏出一張牛頭證，隨手一晃又放回口袋。牛頭證當然是阿茂的，但阿武在陽世也時常以僞造證件唬人，他這動作做得自然逼眞，巡守差使也未加多疑，又跳回屋梁，不好再說些什麼，畢竟他只是個掛著臂章的巡守小差，牛頭馬面的位階甚至還比他大些，是被允許配備武器的拘鬼差使。

「多一點，再多一點！」小歸大聲喊著，他的聲音只有王智漢和阿爪聽得見，那遠在二樓寢室更衣上床的守廟阿伯，正聽著廣播，準備入睡，壓根沒發現樓下幾十尊神像竟讓一個資深刑警和一個小毒蟲合力套上了內褲。

「這樣還不夠？咳咳？」阿爪壓低聲音問。

他點燃了一支大紅燭，再以紅燭火焰點燃一把一把的香，插入香爐，那雙臂合圍大小的香爐，不一會兒便已給插滿六成，密密麻麻的香幾乎要焚燒發爐。

王智漢幫忙拆著一包包香，也讓這滿滿一爐香熏得眼淚直流。

「越多越好，這樣子我們說話，關老爺才聽得清楚，他太紅了，太多人跟他說話，我們要申冤，聲音當然要大聲一點！」小歸這樣解釋。

「你們不會寫狀紙喔。」巡守差使在屋梁上抱怨。

「寫狀紙要多久時間？」阿武隨口問。

「三、五天到幾十天不等吧，看是哪些事不一定。」巡守差使答。

「那太慢了啦，俊毅躲不了那麼久。今天晚上我一定要見到關老爺，不然等明天開門，我會舉兩張牌子站在關老爺後面喊冤，喊到他出面挺我爲止。」阿武向巡守差使這麼說。

「別鬧了，還出面挺你咧，斬你還差不多！」差使聽阿武這麼說，感到十分困擾。

此時正殿煙霧裊繞的程度不下逢年節慶，王智漢和阿爪都給熏得淚流不止，阿武這才領著大夥兒一一跪下，向關帝爺神像磕頭。阿武將存有賴琨叔公法壇蒐證照片的手機，和一封由俊毅親筆書寫的申冤信高舉過頂，大聲喊著：「關二哥你是我的偶像啊，你一定要出來替大家主持公道，司徒城隍那個狗官無法無天，勾結凡人法師胡作非爲，還收買閻羅殿的黑白無常，用賤招『二明治』追殺我們，又殺了一個牛頭！我幹——」

「跟關帝爺講話，不得污言穢語！」巡守差使在屋梁上出聲喝止，卻又好奇地問：

「你要告司徒城隍嗎？聽說他很有名啊，底下人人都服他，不久之後還可能升任閻王之一，你告他什麼？」

「我剛剛說的你都沒在聽喔，我們在申冤，你別插嘴好不好？」阿武氣得跳腳。

「請關老爺作主！」「司徒城隍是壞蛋啊！」香婧和小歸也不停磕著頭，一句一句嚷嚷著。

忽然轟地一聲，那香爐燃起大火，火光金紅耀眼，向上盤旋，隱隱猶如一條火龍。

「啊！關老爺聽見了！」阿武等又是驚訝，又是欣喜。

「錯了──」巡守差使在屋梁上大喊：「現在你講什麼，關老爺才能清楚聽到，有什麼冤屈就說吧──」

「什麼？關二哥啊，我要講的是司徒城隍那個王八蛋……」「關老爺要主持公道啊！」「陰間太黑暗了，我的輪迴證……」阿武等一齊開口，人人講得不同，一下子吵雜混亂。

便連王智漢和阿爪在這混亂當下，都以為喊得越大聲越有效用，也幫腔喊冤：「關二爺，我是陽世警察，拜您可拜了十幾個年頭，一直奉公守法……」「關老爺，我叫作阿爪，我好可憐，大家都欺負我……」

「幹，閉嘴啊，這樣關二哥要聽誰講話？」阿武大叫。

「不得在關帝爺面前污言穢語，你要我說幾次？」巡守差使也出聲喝叱。

「開門！」「趕快開門！」就在場面逐漸混亂的當下，關帝廟正殿外頭也發出更大的騷動，一聲一聲的猛烈撞門聲轟然大響。

「啊！」阿爪奔至窗前探看，驚愕地說：「外面好多人，是……是賴爺的人！」

「什麼？」「他怎麼知道我們在這裡？」大夥兒盡皆駭然，小歸思路敏捷，立時醒悟，說：「一定是司徒城隍發現這間廟的神像給封住了，知道是我們在搞鬼，通知賴琨的叔公召集人馬殺來啦！」

「把門擋住！」阿武恨恨地喊，他抬起角落一張大木桌，轟隆擋著正殿大門。王智漢也奮力舉起身旁一條長形跪墊，奔去擋著方才那拆卸下的窗口。

賴琨的手下不停衝撞大門，甚至持著棍棒敲破了玻璃，瘋狗似地要攀爬進來。有些人透過窗子向裡頭望，見到正殿之中煙霧瀰漫，趕緊向後頭的賴琨報告：「叔公說得沒錯，他們在裡頭作怪！那女鬼也在！」

這批賴琨手下全用施過法的符葉沆拭眼皮，能見著鬼靈。

賴琨與叔公在後頭聽了前方手下回報，可是急切憤怒，叔公大聲斥喝：「快阻止他們，別讓他們跟關帝爺告狀！」

叔公左右腰包裡都裝著各式各樣的法具符籙，甚至是裝鬼的小罈，但在這關帝廟裡放鬼可不是一件小事，因此叔公也謹慎按著小罈蓋子，並不輕舉妄動，他揚聲大喊：「進去先把香爐滅了。」

阿爪和王智漢擋著大門，門外七、八個人輪流衝門，附近幾扇窗子都給砸爛了，一個個手持刀械棍棒的黑衣混混試圖攀窗進來，王智漢抄起角落的掃把守禦著離他較近的幾扇窗。阿武也揚出甩棍，敲打那些試圖攀窗的混混們的手跟腳。

「什麼事啊！」守廟阿伯讓騷動驚醒，從樓上見到底下一群流氓模樣的傢伙在撞門，可嚇得六魂無主，只能在二樓透窗大聲喝問，一面試圖撥打電話報警，但電話線卻讓一隻叔公放出的鬼悄悄地扯斷了。那鬼也機靈，知道自己在關帝廟裡，不敢放肆，破壞了電話線後，便又返回叔公身邊待命。

「喂，你身為陰差，豈可插手陽世事務？那兩個人也聽得見你說話吧，你不能干涉凡人啊，更不能攻擊凡人——」差使在屋梁上見到阿武對混混動粗，立刻糾正他。

「關你屁事啊，你可不可以閉嘴？」阿武惱火回罵。

「哪裡來的瀆職鬼使陰差在此作亂？」

「快快束手就擒！」

大門兩側的牆，躍入兩個大漢，一個牛頭，一個馬面，都是司徒城隍的手下，他們話還未完，便也甩出甩棍，左右來擒阿武。

「終於來啦，想打架是吧！」阿武一點也不怕打架，他戴著牛頭面具，力氣比以往大上許多，二話不說就和牛頭馬面扭打起來。他攔腰抱住了牛頭，一個向後仰摔，將牛頭摔得腦門撞地、四腳朝天，這是一招摔角招式——是阿武生前從第四台的摔角頻道裡學來的。

另一邊幾扇窗外的混混們，沒了阿武阻撓，便紛紛自窗外躍入，他們有些提著滅火器，蜂擁地往主壇神桌衝，一群人擁上，七手八腳地將香爐火給滅了，向外大喊：「火滅了！」

外頭的賴琨叔公哈哈一笑，大大拍了幾下手，喊：「火滅了！」

一隻手在賴琨叔公肩上輕輕一按，表示謝意。

大隊人馬從天降臨，轟隆隆的蹄踏聲奔向正殿。

「阿爪，你這抓耙子！」阿豹持著鐵管左右尋找，一見到阿爪，二話不說就緊追上去，阿爪抱頭鼠竄，撲摔在地，阿豹手上的鐵管呼嘯打下，一棍打斷了阿爪臂骨。阿爪發出了慘烈的哀號聲，他哭喊著，撐著地向後退縮，試圖往神壇下鑽。

香婧和小歸在這廟中受神力所制，鬼力難以發揮，兩人擠在傘下，行動不便，只能夠不停向著神壇叩拜，就盼望奇蹟發生，但眼見賴琨手下全擁了進來，將香爐火都給滅了，阿武讓牛頭馬面纏住，王智漢赤手空拳，也讓幾個混混圍著毆打，眼見就要倒下，香婧奮力飛竄出傘，只覺得渾身如火一般地燒灼起來，她才衝倒幾個混混，便已力竭墜地，身上皮肉出現焦紅。

「啊！」小歸大驚，趕忙持著傘趕上救援，扶起虛脫力竭的的香婧。

「大家住手啊……」巡守差使見下頭打得不可開交，試圖勸解，自是徒勞無功。

「可惡，我幹！」阿武見香婧負傷、阿爪被阿豹打得死去活來，王智漢也不支倒下，可是憤恨不已。他奮力一腳將牛頭踢開，反手再一拳將馬面也給打退幾步，跟著揚起甩棍，照著馬面腦袋就要砸下。

在他背後探來一隻手，將阿武的甩棍一把抓住。

阿武愕然回頭，那是一個身形更爲高大的牛頭，幾乎比阿茂還高上一些，牛頭一拳頂在阿武小腹上，將他打得彎腰欲嘔。

他抬起身時，後背也給重重劈了一記甩棍，他覺得自己的脊椎骨像是爆炸一樣地疼痛，他不禁撲倒在地，只見到大門喀吱一聲開了，進來的是一個身穿灰色西裝的青臉男人，在他背後，是更多的牛頭和馬面。

是司徒城隍。

一個牛頭自地上撿起了那份訴狀和手機，恭敬地遞給司徒城隍，司徒城隍開啓手機，撥按了按，微微一笑，將手機收進胸前口袋，而那份訴狀，他只輕輕一捏，便燃起青色火焰，登時化成飛灰。

「你……你……」阿武咬牙，怒瞪著司徒城隍，才撐著身子想要站起，一旁一個牛頭立時一腳踏下，踩在阿武的後背上，痛得他憤然怒吼罵出髒話。

另一邊，阿爪一張臉已經腫得不成人形，兩隻手的手骨都斷裂了，躺在地上奄奄一息，阿豹這才停手；王智漢也給壓在地上，被打得鼻青臉腫；門旁的香婧虛脫無力，小歸也不敢輕舉妄動，讓兩個牛頭銬上骨銬，壓在地上。

賴琨與叔公跟著也進入正殿，叔公跨入門檻時，還有禮地向司徒城隍微微一笑。

「操！幹……」阿武不停罵著髒話，他不顧渾身疼痛，奮力跳起，又和幾個牛頭馬面扭打起來，數支甩棍瘋狂抽下，劈里啪啦地將阿武又打倒在地，那些牛頭仍不停手，一腳一腳踩著阿武的背，阿武憤恨叫罵，他見到賴琨、叔公，以及司徒城隍並肩站著，似笑非笑地望著他，內心感到一陣絕望心寒。

他們失敗了。

「停手。」司徒城隍淡然吩咐，那些牛頭這才罷手，將阿武架了起來，一把扯下了他頭上的牛頭面具。

「哇——」阿武這時也讓廟中神力烤得哀嚎叫起，身上冒出蒸騰白煙。

「這幾個凶暴劣徒是陰間逃犯，勾結凡人，試圖作亂，現在終於束手就擒，沒事了。」司徒城隍隨口向巡守差使這麼說。

差使愣了愣，也只能點點頭。

一個牛頭朝神壇城隍像鼓嘴一吹，將那些掛在神像頭上的內褲全吹下地，司徒城隍昂揚著頭，大步走去，消失在城隍像前，一批牛頭馬面也押著阿武、香婧和小歸，一齊步至城隍像前，然後消失。

同時，賴琨的手下也甚有默契地將王智漢和阿爪架起，抬出正殿，乘上數輛箱型車離去。

廟中只剩下巡守差使，他望著空曠的寺廟庭院發了好一會兒愣，倒像是在回憶著方才發生的情形。

「天啊，到底是什麼人啊！」一直躲在二樓的看守阿伯，在賴琨等人離去之後，這才敢下來察看。

見到正殿裡一片狼籍，內褲、棍棒和滅火器散落一地，神壇也給噴得灰白一片，可嚇得不知該如何是好，也不知道到底得罪了誰。

巡守差使一躍回到屋梁上，猶自發愣，但他見到神壇正中的香爐，咦了一聲，又飛撲而下，蹲在香爐前，細細看著爐中飄起的幾縷灰煙。

他先是一聲咦，又是一聲咦，然後點頭如同搗蒜，連連應著：「是！是！」

□

司徒城隍府內潔白明亮，與陰間其他地方大不相同，阿武昏昏沉沉地和香婧、小歸一同被帶入這華奢廳堂，正中一張肅穆大桌氣派非凡，司徒城隍繞過大桌入座。

幾個牛頭同時放手，阿武、香婧、小歸等便撲倒在地，小歸趕忙端正跪起，雙手放在膝上，低著頭、連大氣也不敢吭上一聲。

阿武和香婧則虛弱地癱在地上，阿武身上那件西裝外套早給扯下，纏繞腹部的白紗也變得破爛不堪，腸子又滾了出來。

一個雜役自阿武外套內袋中搜出了他和香婧的人間記錄，端正地放在司徒城隍面前，司徒城隍從筆筒取出一支筆，隨意翻看著阿武和香婧的記錄，也沒問話，擅自地在兩人的記錄上塗塗改改起來，偶爾看看癱在地上的阿武，對他露齒笑笑。

「狗官……」阿武呢喃地罵，他那個「官」字還沒說完，便給身後的牛頭架了起來，牛頭在手上套上指虎，砰地打在阿武嘴上。

「唔……」阿武緊閉著嘴，他覺得嘴巴中有些東西似乎碎了。「狗官……」

「曉武兄，別說了！」小歸低聲喊。

砰砰砰三拳之後，阿武的嘴巴微微咧開，他已無法控制嘴巴的張闔，他覺得自己像是失去了嘴巴。

「狗官……」

「哈哈。」司徒城隍也沒多說什麼，繼續塗改著兩人的人間記錄，偶爾對自己所寫下的字句感到莞爾好笑，也會噗嗤一笑。

「別浪費時間，走吧。」司徒城隍終於完成了兩人的人間記錄，匆匆起身。

牛頭馬面再度架起阿武三人，跟隨在司徒城隍身後，他們經過了數間辦公室，一路向上，來到頂樓，眼前所見，又是漆黑褐紅、瀰漫著焦腐氣息的陰間。

頂樓中央停放著一台直升機，雖是紙紮的，但外觀精美與陽世直升機相差無幾。司徒城隍與一對高壯的牛頭馬面一齊登上直升機，坐於靠近駕駛艙的一側，阿武三人則被縛上鐵鎖，那些鐵鎖上帶著尖刺，緊緊扎入三人皮肉中。他們也給趕上直升機中，坐於靠近機尾那側，與司徒城隍面對面。

直升機在漆黑的空中飛梭，穿過一陣一陣紅雲。

阿武正對著司徒城隍，阿武的一張嘴已經腫脹得無法張闔，僅能夠發出嗚嗚的聲音，但憑著音階變化，還是能夠大概知道阿武反覆說的那兩個字。

「狗官……」

司徒城隍嘴角抽動了一下，仍保持著笑容。

一個牛頭一腳蹬在阿武的胸膛上，將鐵鎖踩得陷進了阿武的胸口中。

「曉武兄……別再……」小歸哽咽哭了。

阿武的眼神迷離，口鼻濺出血來，其中幾滴濺上司徒城隍的西裝和臉上，阿武呵呵地笑了。

「狗官。」

□

「王仔，你沒想到有一天，會落在我手上吧。」賴琨拍著王智漢的臉，猙獰笑著。箱型車搖搖晃地往山上開，往地獄裡開——那個香婧曾經待過的地獄。

阿爪像是爛泥一樣癱在車廂椅間，賴琨與王智漢同坐一側，雙腳就擱在阿爪胸腹上，他若覺得腳擺得不舒服，就會在阿爪身上或是臉上重重踩踏幾下。

王智漢側著頭，在他另一旁挾著他的是強壯的阿豹。

「你知道這是什麼嗎？」賴琨揮著手中一本黑皮本子，拍打王智漢的臉頰，說：「你一輩子的所作所爲都在這本簿子裡，你想知道嗎？來，我唸給你聽。」

「嗯，五十一歲，五月，向偷車賊張曉武索取賄賂，張曉武不從，憤而施以私刑，將其毆斃。」賴琨這麼說，哈哈地笑，又對王智漢說：「張曉武跟你勾結，他偷車銷贓，你掩護他的不法行徑，索取大額分紅，嗯，偷車……再加一點販毒好了，聽說販毒最重要判死刑，不知道到了陰間，閻王會怎麼判？」

賴琨說著，向阿豹要了支筆，在本子上也塗改起來，邊塗改還邊照著唸：「還勾結大毒梟……」他說到這，還頓了頓，回頭問後座的叔公：「叔公，毒梟的『梟』怎麼寫？」叔公也不知道，賴琨哈哈一笑，說：「毒販好了，嗯……『販』……啊，隨便啦，看得懂就好！」

「你不懂嗎？」賴琨將黑皮本子在王智漢面前攤開，大笑說著：「這個世界上可以合法殺人的人很少很少，我賴爺就是其中一個，沒人可以抓得到我。我只要這樣……」賴琨一面說，一面取出打火機，燒著黑皮本子的書頁，本子迅速燃燒起來。

賴琨大笑，將黑皮本子揚至窗外，箱型車行進的速度不特別快，吹拂而來的風正好可以讓黑皮本子燃燒旺盛而不給吹滅，直到幾乎要燒著賴琨的手指時，他這才放手，看著黑皮本子在空中化成一陣閃爍光火，跟著旋即消失。

「陰間的城隍就會收到這本簿了，看是他照抄一遍，還是就用同一本簿子也沒關係，閻王就會依照簿子上的記錄來審判你。」賴琨咧開嘴巴笑，拍打著王智漢的臉，說：「這麼說你懂了嗎？我，賴琨，跟閻羅王一樣。」

箱型車終於停下，王智漢、阿爪給架出車外，被押往前方一間廢棄鐵皮小屋，在入屋之前，賴琨特地吩咐阿豹等手下停下腳步，拍了拍王智漢的臉，指著鐵皮小屋旁兩座突起小丘，說：「看清楚，那是張曉武跟謝香婧，你過不久就要去陪他們囉。」

「等等、等等！」負責巡守關帝廟的小差使遠遠地急奔而來，沒有人能見著他，沒有人能聽見他的聲音，他跑得風急火快，氣喘吁吁。

他見到王智漢跟阿爪給押進了鐵皮屋中，下一刻，他也奔竄了進去。

鐵皮屋空間不算太大，只有一張床，幾張桌子和椅子，有一台小電視機，幾口箱子，裡頭裝著刀械武器和一些日常用品，即便開啓昏黃小燈，四周還是暗沉沉的。

王智漢見到牆上和地上那怵目驚心的血跡，他知道香婧就是死在這地方。

「好了，王仔，你想想，你一共盯了我幾年？我們的恩怨在今天一次了結，你說好不好？」賴琨這麼說著，他朝阿豹揮揮手，說：「放開他，我要跟王仔單挑。」

阿豹依言鬆手，任由王智漢跌坐在地，賴琨呵呵笑著，取出塞在褲頭的槍，交給阿豹，又有模有樣地解開領口鈕釦、捲起袖子、舒展雙臂、搖頭晃腦、跳了跳，說：「王仔，我們來單挑，把恩怨了結，起來。」

王智漢裂了三根肋骨，一腿扭傷，一臂脫臼，雙眼腫得幾乎看不清楚前方，但他還是站起來了。

「我抓你……這麼多年……不是跟你有仇……也不是看你不順眼……」王智漢喃喃地說：「是因爲，你是個雜碎……你做壞事，我就抓你……」

磅！王智漢被賴琨結實打中一拳，鼻血再一次地噴濺而出，將本來已經轉爲暗紅的口和下巴，又染得鮮紅。

「我就算做鬼，也不會放過你……」王智漢胸口劇痛，連連咳血，他奮力向前撲去，也回擊一拳，這一拳打在賴琨胸口，只是猶如一個國小孩童的一拳罷了。

「王仔，你眞沒路用啊。」賴琨哈哈笑著，學著拳擊手左蹦右跳，偶爾探出刺拳，或是踢出姿勢難看的一腳，不停玩弄著王智漢。

王智漢拖著扭傷的腳，一拐一拐地追逼賴琨。

「喝啊——」賴琨吆喝一聲，凌空躍起十公分，一記騰空後旋踢，姿態像是一隻踩到圖釘的野狗。

王智漢閃過這記瘋狗踢，用那隻還能夠動的手，勾著了賴琨踢起的腿。

王智漢早已失去了揮重拳的力氣，但他還會柔道、還會擒拿、還會摔角、還會街頭打架，他這招也毫無名堂，只是用手彎處勾著賴琨的腳彎，趁著賴琨失去平衡之際，用整個人的重量將賴琨壓得後仰倒下。

倘若賴琨有和阿武或阿豹一樣的身手，早已經扭身閃開，但他不是阿武也不是阿豹，他是賴琨。他只能掙扎著向後倒去。

側腦著地，「砰！」這是超級強大的一擊。

「啊……」賴琨呻吟，只覺得腦袋劇痛且暈，他掙扎爬起，只覺得天旋地轉，他連連哀號嚷著：「給我幹掉他，幹掉他……」

但是阿豹卻沒有動作。

阿豹倒在地上。

「咦？」賴琨摀著劇痛的頭，他見到了天底下最不可思議的景象，本來應該逐漸死去的阿爪此時直挺挺站著，他那嚴重骨折的雙手正高高舉著，高腫的臉龐中兩隻眼睛炯炯發亮。

「怎麼回事？」賴琨身後幾個手下又驚又怒地撲向阿爪，棍棒刀械朝他招呼而去，那些武器尚未觸及阿爪的身子，便已紛紛落地。

阿爪揮手飛快，一人一個巴掌，那巴掌像是有百來斤那麼重，幾個手下如同被車撞到一樣地飛騰而起，跟著散落一地，全像海狗一樣在地上汪嗚哀號，爬也爬不起來了。

「發生什麼事？」外頭待命的一批手下跟賴琨的叔公，聽了裡頭呼救，也紛紛趕來，同樣讓阿爪甩巴掌打倒，賴琨的叔公驚訝莫名，他打開腰包中的瓷瓶蓋子，幾隻厲鬼暴衝而出，阿爪向後一躍，現出眞身，是那關帝廟的巡守差使，他揚出背後揹負著的一張小旗，上頭有個圈圈，當中有個「令」字，小旗綻放出白光。

幾隻厲鬼像是給太陽曬著一般，全飛彈竄逃得不見蹤影。

「你……你……你豈能干涉凡人行事？」叔公驚駭地指著又鑽入阿爪體內的差使。

「是上頭的命令。」阿爪指指大。

一陣一陣的警笛翁鳴聲響起，是關帝廟的阿伯報的警，他也接到了同樣的指示。

「糟……難道他們成功了？不可能，天上一向不管陰問私仇恩怨……」叔公驚駭地抬頭看，只能見到生鏽的鐵皮屋頂；他奔跑出屋，再次抬頭看天，黑夜之中濃雲捲聚，他啊啊叫著，像是受驚的老鼠一般。

霹靂——

一陣刺眼的青白照亮了半座山，然後立即轉回夜的黑。

叔公給一記迅雷，劈死在鐵皮屋外的草地上，他的身子焦黑燃燒，冒出惡臭的煙。

五分鐘後，警車在山坡底下停妥，大批荷槍實彈的員警圍擁上來。

王智漢拖著暈眩嘔吐的賴琨，艱難地步出鐵皮屋，也緩緩抬頭看向天。

第十章　審判

的。

阿武被押進閻羅殿三十七樓第七號審判廳時，雙眼以下的臉頰、口鼻是崩裂稀爛的小歸。

跟在阿武之後被押進的是體膚焦紅的香婧，和顫抖哽咽的小歸。

閻羅殿高聳參天，內有數十個不同部門，超過千名鬼差雜役，十個閻王，和二十來個判官，以及數十位比牛頭馬面更高一階，且能佩槍的特勤拘魂使——黑白無常。

第七號審判廳中的擺設裝滿是一片亮黑點綴著殷紅，猶如黑夜中的烈火炎漿一般。

端坐在黑色大桌的卞城王身形枯瘦，正連連打著哈欠，疲懶地翻動桌上幾份文書資料，一旁還有個小螢幕，閃爍著一張張畫面，是當日「三明治」發生現場照片，其中一張的影像是幾件扭曲散落的白色西裝衣褲，上頭還有數個彈孔，地上則有個人形焦跡。

阿武三人給押到了卞城王黑色大桌的面前，阿武微微側頭，在他身旁還立著一個人，阿武見那人臉色青蒼、面貌陌生、上身赤裸、胸口有數道裂痕，像是隨時都會散開一般，在那人身後還有一張刑台，台上污血猶自滴著，一旁還擺放著兩支黑鏽長鋸。

阿武和那人對望了一會兒，不約而同地笑了。

那是俊毅，他也被逮著了，正在接受卞城王的審問，且受了幾次鋸刑，他奪槍擊斃白無常，當然是極重的罪，他的馬面面具也給摘除、馬面證件也給沒收，此時的身分只是個尋常陰魂罷了。

「很好，大家又見面了。」司徒城隍微笑走至卞城王大桌旁一張較小的桌子入座。

在他身旁站著的，是一個身穿墨黑套裝的中年女人，手上拿著一本大本子，她推著眼鏡，說：「男人名叫張曉武，二十四歲；謝香婧，二十二歲；嗯……還有一個，王智漢，五十一歲……」

「判官姊姊啊，我不是王智漢，我姓柯，名小歸，我死時只有十歲半，死好幾十年啦！」小歸高聲嚷嚷著。

「嗯？」卞城王斜了司徒城隍一眼。

「王智漢枉死已有數天，正在城隍府裡做人間記錄，過一會兒就要帶上來。」司徒城隍這麼說，跟著指向小歸說：「至於這小孩，則是協助那張曉武一同犯行的陰間遊魂，往昔也有不少次僞造陽世許可證的記錄，有數次都是讓我城隍府擒著的。鬼使，將柯小歸的人間記錄調來。」

一旁一個文書官打扮的鬼差領了命令，立時點查起懷中捧著的筆記型電腦，小歸一年以前的人間記錄和死後記錄早已建檔連線，一調即出，顯現在卞城王面前的螢幕上。

「嗯。」卞城王問：「柯小歸，你死於非命，亦無犯大錯，理應早就投胎，爲何長年販賣僞造許可證，如今還協助這十惡徒犯行？」

「稟告大王，我的輪迴證幾十年前就被人騙走了，我一個孩子無依無靠，沒人賞我飯吃，什麼都不懂，也只能苟且過活，至於張曉武兄，我確實和他認識不久，不過……不過……這事情的前因始末實在複雜，一時也說不清楚……」小歸惶恐說著。

「柯小歸，我們念你無辜枉死，又弄丟了輪迴證，在陰間苦候多年，你把劉俊毅、張曉武密謀作亂，襲殺閻羅殿特使的經過從實招來，使可從輕發落，陰司會協助你辦理輪迴證，助你早日轉世爲人。」司徒城隍聲音清亮。

「這……這……」小歸眼睛閃耀了些，他喃喃說著：「會發給我輪迴證？」

司徒城隍笑著點頭。

「但是……但是……」

小歸轉頭看了看阿武，阿武垂頭看著地上，茫然無神，俊毅則是高仰著頭，身子搖搖晃晃，兩個鬼使按著他的身子，在他身子上的裂痕塗抹一種能夠迅速治療傷勢的草綠色藥泥。

替鬼囚迅速治療傷勢的原因，是爲了能夠盡速再次對他們行刑。

「閻王大人啊，我就實話實說了。」小歸一咬牙，急急說著：「我第一次見到那張曉武的時候，是在幾天前的陽世，他剛死不久，糊里糊塗地被牛頭馬面追趕，我……我和以前一樣，想賣他一張許可證，多掙點錢。他倒是好心，我賣他假證件，被俊毅老兄抓著，當然要否認到底了，他還替我圓謊，我爲了報答他，趁著俊毅老兄一同去追趕枉死鬼謝香婧的空檔，偷偷救了張曉武，還把他送到了車站。」

「我第二次見到張曉武時，還是在陽世，他還是被追趕，他跟我說，他在陽世有個仇人，叫作賴琨，賴琨殺了他和謝香婧，又買通陰差，竄改他兩人的人間記錄，好抹滅殺人事實，他不甘受冤屈，所以才逃上陽世，要蒐集賴琨的犯罪證據。」小歸神情驚恐，但倒是說得簡潔明瞭。

「那證據呢？」卞城王問。

「我是陪著他一起去的，本只是想要教導他向那些陽世活人要些紙錢，我便能抽點佣金。那賴琨確實有個叔公能通靈作法、請神弄鬼，他有兩大箱準備燒下陰間的黃金元寶，還有僞造的人間記錄，我都親眼看到了，張曉武也用手機拍了下來，本來要上閻羅殿告狀的，哪裡知道給兩個黑白無常堵上，弄了個『三明治』埋伏我們，混亂之中你打我、我打你，亂打一通，那白無常便給打死了，俊毅老兄的搭檔阿茂兄也中槍死了，魂飛魄散啊——閻王大老爺，你可得明察秋毫，還我們一個清白啊！」小歸邊說，還連連磕頭。

「你說那個姓賴名琨的人買通了陰差，他買通了誰呢？」司徒城隍問。

阿武嘴巴發出唔唔的聲音，他已無法說清楚話。

小歸不作聲，只是目不轉睛地看著司徒城隍。

「司徒老弟，閻王不是這樣當的。」卞城王開口了，他看著司徒城隍，皺了皺眉，說：「對付那些油嘴滑舌、顛倒黑白的刁民，你給他三分顏色，他就會開起染房。」

「老哥說的是。」司徒城隍哈哈一笑，說：「既然枉死鬼柯小歸冥頑不靈，執意幫助張曉武作惡，誣謗冥官，那就別怪我用刑了。給他『碎指』吧——」

鬼差們推來一個餐車大小的刑台，那刑台像是一塊厚木砧板，上頭有兩個掌印，掌印上有些符籙文字，小歸身子劇烈顫抖起來，他的一雙手被鬼差按在掌印上，一經施法，便拔不起來了。

兩個粗壯鬼差各自抄了一把大鐵鎚來到小刑台旁。

卞城王雙眼一瞪，暴厲怒喝：「枉死鬼柯小歸！是張曉武唆使你協助他躲避陰差捉拿，意圖上陽世作惡尋仇，襲殺閻羅殿特使，還顛倒是非、冤枉冥官，對不對？」

小歸讓卞城王一吼，雙腿發軟，涕淚縱痕，他身子劇烈顫抖，嚎啕大哭起來，卻不說話。

「砸。」卞城王下令。

磅——兩個粗壯鬼差同時落鎚，兩記重鎚聲音融合為一，小歸兩支小指瘺了，肉屑血汁濺開一圈。

小歸淒厲慘叫著，他搖搖頭，又點頭，又搖頭，又點頭，當他的拇指變得和小指一樣，中指又變得和姆指一樣時，他只能夠點頭了，他點得連帽子都落了下來，露出了那個崩裂的腦殼，他哭出了紅色的眼淚。

「柯小歸招了，勉強算是污點證人吧。」女判官推了推眼鏡，大聲朗讀著柯小歸人間記錄上種種善績與惡行，他只十歲就死了，那所謂的善績與惡行自然大都是死後的記錄了，善績甚少，惡行大都是販賣假證件。

卞城王也隨意宣判：「枉死鬼柯小歸，你和這案子沒有多大關連，既然你棄暗投明，指證張曉武、劉俊毅、謝香婧的一番惡行，本官便從輕發落，你那些假證件的案子都可一筆勾銷，你等著領輪迴證轉世成人吧。」

小歸卻一點也不覺得欣喜，鬼差將那青綠色藥泥塗抹在他的十指上，他終於能夠將手抽回，跌倒在地，抱頭大哭。

「枉死鬼張曉武，輪到你了。」卞城王看向阿武。

阿武的嘴已經不像是嘴，自然無法開口，只能唔唔幾聲，兩個鬼差便也將藥泥塗上阿武的嘴，只一會兒，他覺得自己的嘴巴漸漸回來了，雖仍然瘀腫，但至少能夠說話了。他呼了口氣，轉頭向小歸說：「別哭了，好兄弟，我沒白交你這個朋友！」

「枉死鬼張曉武——」女判官大聲唸起阿武的生前罪狀，大都是偷竊、鬥毆等等，阿武默默地聽，不時發出冷笑。

「張曉武，你協助劉俊毅爭奪城隍官位，襲殺閻羅殿特使，栽贓冥官，上陽世作亂，你認不認？」司徒城隍學著卞城王的口氣，喝問著阿武。

「狗官。」阿武哼哼地笑：「你學狗叫兩聲，我再考慮看看。」

「裂體。」司徒城隍淡淡下令。

幾個鬼差將俊毅身後那單人床大小的刑台推至阿武身後，將阿武抬上了刑台，五花大綁。

「我再給你一次機會……」司徒城隍喝問。

「司徒狗，我再給你一次機會，你趕快承認你跟旁邊那個老閻王有他媽的不可告人的姦情，我會考慮從輕發落，賞你轉世輪迴當狗！」阿武仰頭高聲笑罵。

一旁的俊毅聽了，也嘿嘿笑了幾聲，說：「你完了，會很痛喔。」

「司徒狗被老閻王捅屁股都不怕了，我怕個鬼啊，我幹他個——」阿武本便沒有俊毅那般沉著穩健，自然也沒有「先行妥協，另做圖謀」這種心機，他曾因路見不平將調戲便利商店店員的小雜碎打得重傷，在警局裡遭到嚴重惡整；也在做人間記錄時看不慣三個牛頭欺侮香婧仗義執言而被狠狠虐打。

他有過太多類似的經歷，此時他的心中是憤慨絕望的，陰間冥府的黑暗超出了他的想像，他想起以往某些壞警察對他刁難栽贓的那些情景，更加深了心中的不平和怨恨，但他手腳動彈不得，只剩下一張嘴，他連珠砲似地罵著那些不堪入耳的髒話來發洩心中的怨怒。

兩個鬼差左右舉著黑鏽鋸子，攔腰切進阿武的小腹上，向左一拉——

「司徒狗屎你——」阿武啊呀尖叫一聲，旋即以髒話還擊。

黑鏽鋸子向右一拉，又陷進他的身軀三分，他的腸子給割成了兩段，肌肉發出了可怕的斷裂聲，阿武頭臉上的筋肉因爲極度緊繃而漲得猙獰可怕。

黑鏽鋸子再向左拉回，再向右推去。

阿武的脊椎骨發出了喀吱喀吱的碎裂聲，又兩鋸之後，他的身子變成了兩半，當兩個鬼差將鋸子自他腰間拉出時，他深吸著氣，胸膛鼓脹，但他還沒透過氣來，鋸子又往他的胸肋處鋸去，他的肋骨發出刺耳的碎裂聲。

小歸摀住了耳朵，大聲哭著；香婧本來焦紅的身體，稍稍復元，意識略轉清醒，見到阿武受此慘刑，驚駭得也尖聲叫起，她讓自己的頭髮豎起，試圖反抗，但她背後兩個牛頭，一抬腿便將她踢倒，連連揮動甩棍，抽打著她的身軀。

一陣怒罵、尖嚎、鋸骨聲之後，阿武的身子變成了三截，他浸泡在自己身軀裂口流淌而出的黑血之中。

他的叫罵變得有氣無力，像是一聲一聲的呢喃自語，他不停地昏厥又痛醒，只覺得迷濛恍惚，他感到兩個鬼差再度將鋸了抽出他的斷體，跟著，放在他的嘴巴上，他們要將他的嘴巴一分爲二，等於要讓他大半個腦袋和身體分家了。

阿武有些害怕，卻又想趁著嘴巴變成兩半之前多罵幾句，但他虛弱地出不了聲，只能隱約見到兩個鬼差鬆開了手，鋸子也給一黑一白兩個傢伙奪去了。

「咳咳……鋸不動啦，要換人啊？」阿武感到自己的身子又給接了回去，且被綁縛著手腳又能動彈了，他掙扎著起身，只見到鬼差開始在他身上斷體處塗上藥泥，他那一分爲三的身子又合而爲一，就和俊毅的模樣一般。

他看著身旁兩個傢伙一黑一白，恨恨地說：「小鬼鋸不死我，就換黑白無常來鋸我幹，乾脆司徒狗跟閻王狗你們兩個自己來鋸好了！」阿武轉頭朝著司徒城隍叫囂，但他見到司徒城隍的臉色和先前的從容大相逕庭，是一副緊張驚恐。

阿武一時間尚不知道發生了什麼事，只當是他這句話又激怒了司徒城隍，不免有些得意，氣喘吁吁地再想罵些什麼。

那兩個一黑一白的傢伙當中，黑臉漢子一臉茂密鬍子，兩隻眼睛又大又圓，如同兩粒大荔枝，留著爆炸頭，身穿黑色T恤和七分垮褲，一身嘻哈裝扮；白臉傢伙則梳著西裝頭，戴著金絲眼鏡，身穿白色運動外套和牛仔褲，在他身後，還有十來個高大傢伙，卻是軍裝打扮，這陣仗可有些嚇人。

「呃？」阿武愣了愣，他讓鬼差扶下刑台，雙腿一軟就要摔倒，鬼差扶住了他，讓他緩緩坐倒，阿武不解地問：「怎麼突然對我這麼好？」

俊毅的雙眼亮登然亮起，幾個鬼差替他鬆了綁，讓他也坐倒下地，他長長吁了口氣，望著阿武，眼神透露出讚許和佩服。

另一邊香婧和小歸也給鬆了綁，鬼差們分別在他們身上創處塗抹藥泥。

十來個牛頭馬面讓那些軍裝侍衛逼退到了兩旁，黑臉漢子向前幾步，雙手扠腰，問：「審到哪兒了？」

「兩位將軍……」卞城王的手微微顫抖，似要起身讓座，卻又僵凝著不敢動彈；司徒城隍則是一臉漠然，但他額角滲出的汗透露出他心中緊張。

「我們只是來旁聽，順便給點意見，請繼續吧。」白臉男人來到司徒城隍身旁，一躍坐上那黑亮桌子。

卞城王終於站起，吸了口氣，恢復鎮定說：「陰間自有陰間的律法規範，這……我想兩位將軍還是不宜插手干涉。」

「我也不想啊，但是上頭有令。」白臉男人這麼說，他推了推眼鏡，沉沉地說：「陰間秩序由陰間冥官管轄，是無可厚非，但鬧到了陽世去，弄得雞飛狗跳，接連搞出人命，我們豈能坐視呢？」

「對啊！媽了個巴子，是哪個混蛋在咱廟裡扔了百來件臭褲子，是誰！」黑臉漢子大聲喝問。

「是我……」阿武舉手回答，他見到黑臉男人回頭怒瞪了他一眼，趕緊將手縮回，不解地問：「我鬧的是關老爺的廟，又不是城隍廟、閻王廟……我是去告狀申冤的，關老爺都沒說話，關你這黑無常什麼事？」

「張曉武。」俊毅推了阿武一把，問：「他不是黑無常。」

「一黑一白，不是黑白無常是啥？」阿武愣了愣。

「站在關老爺旁邊那兩個，你說是誰？」俊毅小聲地說。

「王朝、馬漢？」阿武一驚，原來這一黑一白兩男人不是黑白無常，是天庭神將。

「媽了個巴子，你沒讀過書啊？王朝、馬漢是包老爺身邊那兩個！」黑臉大漢聽阿武稱呼自己二人為「王朝、馬漢」，可氣得七竅生煙，一巴掌拍在阿武腦門上，將阿武拍得撲倒在地，本來接上的身子又斷成了三截，黑臉漢子一把揪住阿武頭髮，將他半截身子凌空提起，翹起大拇指指指自己，說：「我，James周，關老爺的左右手。」

「啥小？」阿武訝然。

「那是我的洋名字，關老爺的信徒遍及四海，要處理的事務很多，還要和外國天庭合作，要有國際觀。」

黑漢子和白臉男人，便是民間信仰中，常伴關帝爺左右的周倉將軍和關平將軍了。

另一邊，司徒城隍想要起身說些什麼，卻又讓關平將軍壓回座位。

白臉關平說：「有人向關老爺告狀，有陰司收受凡人賄款，掩護其在陽世作惡多端，又以這得來的大筆賄款買通更多冥官，互相勾結，官官相護，隻手遮天……」

司徒城隍面如死灰，他連連搖頭說：「司徒史對天發誓，絕無此事……」

「我有說是你嗎？你急著發誓幹嘛？」白臉關平揚了揚手，那群軍裝侍衛立時扔出一個五花大綁的禿頭老鬼，正是賴琨的叔公，賴琨叔公才讓落雷劈死，立即便給拘下陰司，押解到了這裡。

黑臉周倉扔下阿武，從口袋裡摸出一顆章印，在賴琨叔公那禿得發亮的腦門上重重蓋了一個印，倏地鑽出一隻九官鳥，呱呱嘎嘎地振翅嚷叫。

司徒城隍顫抖著，試圖想要在九官鳥說話的間隙裡插上幾句話，卻讓白臉男人一把提起，探手進他的西裝內袋裡，摸出了他的城隍證，撕成碎片。

白臉關平看向卞城王，卞城王清清嗓子，挺直身子，正色說著：「沒錯，這司徒史今天早上還撥手機給我，要請我吃飯，我就覺得奇怪，跟他也沒多熟，唉想不到是想要賄賂我啊，還好我為官一向以清廉自持……」

「前任馬面劉俊毅聽命，本官要你即刻接任你府上那城隍空缺，重新替枉死鬼張曉武、謝香婧、柯小歸，還有那個禿頭老傢伙做人間記錄，擇日開庭重審！」卞城王大聲宣讀，又看著啞口無言的司徒城隍說：「司徒史貪贓枉法、罪大惡極，最好是立即打下十八地獄，先賞你個十年苦刑，再行大審，看是要永世不得超生，還是受刑至魂飛魄散！啊，你還敢狡辯，鬼差，賞他一顆烙鐵！」

「我沒有——」司徒城隍駭然掙扎，但讓兩個軍裝侍衛押著，幾個鬼差聽命上前，自火盆裡挾出一顆滾燙紅球，塞進司徒城隍口中，再以鐵牌堵住了他的口。

司徒城隍瞪大雙眼，身子激烈顫動。

「不知道這樣判，上頭滿意了嗎？」卞城王撫著鬍子問那白面關平。

「陰間雖然有萬里黑雲罩頂，不表示上頭看不見底下，你好自爲之，記清楚司徒史現在的模樣。」白面關平如此叮囑，他當然知道這陰間污吏可不只一個司徒城隍，但嚴辦下去，恐怕要動搖整個陰司體系，可也十分麻煩。

俊毅掙扎站起，從一個鬼差手中，接過了那張給扣押多時的城隍證，他扶起阿武，阿武身子又給上了新的藥泥，三截身軀仍有些鬆動，像是隨時要裂開一般，他拍了拍小歸的頭，小歸拉著香婧的手，都不知該如何表示自己此時的喜悅。

第十一章　輪迴

透過閻羅殿頂樓庭院上方的塔形玻璃帷幕向天際望去，能夠見到黑紅色的雲霧在空中翻騰捲動著。

而塔形玻璃罩底下，卻是一座堪稱別緻典雅的花園庭院，不同於外頭的腐黑破敗，這裡可算得上是整個陰間最美麗的地方了。

在花園庭院中央，有一塊圓形平台，平台上刻畫著一圈圈的金銀圖案，在每天某個時刻，這圓形平台便會緩緩轉動，散發出華美的光芒。

這是所有的陰間住民最嚮往的地方，是悲傷終結的地方，是希望開始的地方，這裡是輪迴殿，那座圓形平台，是大輪迴盤。

而此時就是一天當中，大輪迴盤開始緩緩轉動的時刻了。

金色、銀色和五顏六色的光芒微微地、淡淡地自大輪迴盤表面那些圖案刻紋發出，四周圍上更多的人，他們的臉上都洋溢著笑容，眼神裡透露著期待，他們的手上都拿著輪迴證。

他們步上大輪迴盤，都感到從頭頂上方照耀下來的那陣溫暖光芒，有幾個紮著髮髻的服務小姐，她們身穿黑色制服套裝，手托著方形托盤，托盤上盛著一杯杯的小碗，也步上大輪迴盤。

大輪迴盤上的人們紛紛向服務小姐取了托盤上的小碗，裡頭盛著的是散冒著香味的清湯，湯中有一塊豆腐、兩片青江菜。

有些人迫不及待地一口將湯喝盡，有些人則細細品嚐，當湯水滾進他們的口舌間時，他們會憶起過往生前的種種，就像是在觀賞一段段遙遠老舊的紀錄片，而當湯溜滑過他們的食道時，那些生前種種記憶，便逐漸隱沒消逝了。

湯中的那一塊豆腐，包藏著淡然的甜，在口中化開時，能夠消除因爲憶起那些不愉快回憶所帶來的難過。

「豆腐趕走不開心，那青江菜是做什麼的？」阿武隨口問，他和香婧、小歸三人坐在離大輪迴盤數公尺外的長椅上，觀賞著輪迴盤轉動時所發出的美麗彩光。

小歸聳聳肩說：「聽說青菜只是點綴，沒啥特殊意義，孟婆湯裡一定會有一塊豆腐，但是每隔六、七年，就會換另一種配菜，在青江菜之前是小白菜，小白菜之前好像是白蘿蔔，再更早就沒聽說了。」

「還眞有意思。」香婧笑著說，她頸子上圍著一條紅色絲巾，穿著柔美新衣，是阿武花了五十萬特地替她買來打扮的。

兩個月前，王智漢擒住了賴琨，之後勢如破竹，在賴琨的數個祕密據點搜出了各式各樣的犯罪證據，也包括仙人跳計畫的通聯記錄和偷拍照片。

王智漢證明了自己的清白，又因爲此案立下大功，可望升級。兩個月來他一連四次燒了大批冥錢給阿武，這些錢全燒進了小歸替阿武開立的個人戶頭中，足足有七十多億，阿武也大方地分了三十億給小歸，幾十億在陰間雖然不算太多，但也夠兩人在陰間揮霍好一陣子了。

「來得這麼早？」俊毅一身灰西裝，戴著墨鏡，理了個幹練平頭，渾身英氣逼人。

「幹！新官上任三把火啊。」阿武跳下椅子，指著他笑。

「謝香婧。」俊毅自口袋取出一張燙金證件——那正是輪迴證。在三天前的重新審理中，由於香婧一生淒苦，加上承審此案的卞城王多少有些顧忌，因此也特地批示要底下部門優先趕製香婧的輪迴證，盡快讓她輪迴轉世。

「謝謝俊毅城隍。」香婧接過了那張燙金輪迴證，上頭自己的照片笑得十分燦爛。

「這是柯小歸的。」俊毅再取出一張輪迴證，遞給小歸。

「哇——哇——」小歸高興地跳著叫著。

但他倒不急著輪迴轉世，他早已在銀行開了個保險箱，打算牢牢鎖著這張輪迴證，他還得看照著他陽世的老弟弟，這張輪迴證是要等他弟弟下來時，再一起使用的。

「張曉武。」俊毅又取出一張證件，遞給滿心期待的阿武。

「爲什麼我的輪迴證沒有燙金邊啊？咦！」阿武看看小歸和香婧手上的輪迴證樣式精美，但他那張證件卻粗陋許多，仔細一看，阿武不禁驚愕大罵：「幹，我這張是牛頭證！喂，俊毅——」

俊毅攤了攤手說：「你的人間記錄實在不漂亮，你有超過一百件的竊盜記錄，近千件鬥毆記錄，我將你登記爲城隍府陰差，暫時保你不用下十八層地獄剁手，你還想要輪迴證？」

「剁手就剁手！」阿武大叫：「身體鋸成兩半我都熬得住了，剁手又怎樣！」但他想到要被剁一百次時，不免又有些害怕，他逞強地說：「忍一忍就過去了。」

「剛上任，很多人不服我，很多事很棘手，我需要你的幫助。」俊毅又交給他一個紙袋子，阿武打開袋子一看，是一套黑黝黝的西裝和皮鞋，還有一張牛頭面具。

「幹，眞要我當條子喔！」阿武連連搖頭，但以他的人間記錄，要等到輪迴證，恐怕得等上一段很漫長的時間，這段期間要幹什麼呢？

「阿武你穿這套西裝一定很帥。」香婧捏著筆挺西裝外套，在阿武的後背上量著。

「是嗎？」阿武搔搔頭，接過這套西裝，繞到樹叢後七手八腳地換上，等阿武再走出時，西裝貼身舒適，鞋子黝黑光亮，果真覺得威風凜凜。

大輪迴盤發出的光芒更加耀眼，那些喝下孟婆湯的人紛紛騰空而起，像是踩上一座看不見的橋，走向天的那一方。

「大家，我要走囉——」香婧也步上輪迴盤，只覺得身子一下子輕盈起來，她也接來一碗孟婆湯，卻遲遲未入口。

「阿武，你好帥，謝謝你——」香婧向阿武等人大聲喊著：「小歸、俊毅城隍，謝謝你們。」

「香婧，再見！」小歸也搖手道別。

阿武雖笑著舉起了手，一時間卻有些悵然，但他還是深吸口氣，大聲吶喊：「再見，再見，下輩子妳要做個最幸福的人，再見——」

香婧端起碗，看著碗中漂浮的嫩白豆腐和青江菜葉在清澈湯水中緩緩地轉動，然後，她閉起了眼，將數不盡的悲傷歲月，全嚥下了肚子，她因爲那些閃現的記憶而紅了眼眶，但跟著，她只覺得這地方好美，四周發出溫暖的光芒包圍著她。

她見到在她面前顯現的那一座瑩瑩發亮的橋，她向四周望去，見到了一些向輪迴盤上揮手道別的人們，其中有一個穿著筆挺西裝的年輕人特別激動，跳著叫著，朝她大力揮手。

她回頭，走向橋。

□

輪迴盤的光芒黯淡下來，恢復了平時的空曠。

「挺合身，但就是怪怪的。」阿武搔頭嘆氣，和俊毅、小歸離開了輪迴殿，乘著直升機飛往俊毅原本的管轄城市。俊毅接收了司徒城隍專屬的直升機。

「我知道你現在情緒低落。」俊毅拍了拍阿武肩膀，說：「這幾天你隨便走走，四處熟悉情況，看見枉死鬼就把他捉下來，過一陣子我再派給你比較難的任務。」

俊毅將一把鑰匙拋向阿武，阿武接過鑰匙，看著城隍府外停著的那輛破陋黑車，哼哼地說：「俊毅當上城隍，開新車，就把破車給我了。」

俊毅哈哈一笑，也沒理他，自顧自地走進城隍府。他要開始做些什麼來整頓這個地方了，裡頭的五個牛頭和三個馬面不免戰戰兢兢，他們知道接下來的日子恐怕不太好混。

阿武對這破車怎樣也瞧不順眼，索性開往一家車行，他要將這輛車好好翻修一番。他和小歸乘坐著捷運上來陽世，蹓躂了半晌，又去探望小歸那老弟弟了。

小歸拍著阿武的肩說：「你不要不開心啦，當牛頭多威風，而且你在底下的日子長的咧，身分是牛頭，沒人敢欺負你。」

阿武斜了他一眼，說：「你是希望有個牛頭朋友，以後辦什麼事都方便吧。」

小歸呵呵一笑。

阿武打了個哈欠，看著天上夜空，不知道即將而來的漫長歲月，要如何度過？

「先去看我老爸好了，或是去醫院看看阿爪那混蛋……」阿武搔著頭，猶豫著這幾天要上哪兒晃，阿爪那天傷得極重，至今還躺在醫院。

「哈！」小歸噗嗤一笑，指向斜前方那幾處熱鬧攤子。

「……」阿武順著小歸所指的方向看去，只見到一個一身是血的年輕男人，還戴著一頂破了個人洞的半罩安全帽，正趴在地上，偷窺女性裙底，就和阿武之前一模一樣。

「嗚嗚，我死了嗎？爲什麼，我不甘心！」那年輕人一會兒哭，一會兒氣呼呼地揮拳毆打路人，一會兒又伸手亂摸那些年輕女孩。

「少年咧，你混哪裡的？」阿武大步過去，推了年輕人一把。

「你……你看得見我，你是誰啊？」年輕人怪叫。

阿武想起自己還沒戴上牛頭面具，便從口袋將面具取出，戴上。

「老子是牛頭。」

《陰間 另一個世界》完

後記

記不太得這篇故事原始靈感的起始時間了，較為具體的構想大約出現在二〇〇三年左右，那時候確定了要寫一部關於「陰間」的故事。

當時我住在深坑的老家，時常半夜出門前往便利商店購買零食——主要是啤酒——黑夜的城市散發著一種特殊的感覺，我非常喜歡這種感覺，似乎蘊藏著某種神祕且蓄勢待發的力量。

每當我走在夜晚的街道時，常常會抬頭看著黑夜中的樓房和公寓，看著那些依然亮著的燈光，我時常會好奇裡頭住著什麼人，正發生著什麼事。

長久以來維持著胡思亂想的習慣，會使我在這樣的想像中任意加油添醋、天馬行空，許許多多故事的靈感，都是如此在夜晚的街上「撿到的」。

這篇故事也是如此。

□

「殘缺之後的美」，是我想要藉由這篇故事表達的東西，故事中的香婧一出生就註定了往後人生的不幸，她有一對濫賭的父親和軟弱的母親，她的一生註定是殘缺的、是不完美的。

阿武亦然、小歸亦然，他們的人生都是相對不幸的，而那些不幸往往是飛來橫禍，是他們自己所無法決定的。如同阿武所言，他無法選擇自己的生長環境，而那樣的生長環境，勢必也將決定——或者說是造就一個我們在故事中所看到的他，那個偷車混混阿武。

寫作這篇故事的我，在現實生活中算得上是一個嫉惡如仇的人，我樂見以重刑整治重犯（其實在我所有的故事中都能清楚地感受到這一點），但在寫作的過程中，我卻會對故事裡某些不符合現實社會法治規範的角色產生某種程度的同情和同理心，我想讀者也一樣吧，或者是因為我們看見了這些角色曾經走過的那一段歷程，當中包藏著許多不可抗力的無奈。

這挺矛盾的，對吧？而這樣的矛盾或多或少地也混淆了某些價值，例如正義和公理、是非和對錯等等。

也因此我試著將這些「踩在灰色地帶中」的角色，再寫出一些分歧，盡可能地讓自己或是讀者減少因爲同情而產生的價値混淆，畢竟人的一生不會每一件事都「不可抗力」，在許許多多的無奈當中，仍然有許多可以趁機施力、試圖扭轉什麼的契機。

好比說故事中偷車賊張曉武的是非觀念與現實世界裡的基本社會規範當然有所落差，他滿口粗話、偷車、打架、嫖妓，這是受他無法選擇的生長環境所造就出來的頑劣性格，但即便如此，他仍保有某些原則，例如「不碰毒品」、「不欺侮尋常百姓」等等，就這幾點而言，他又比一些「乍看之下」和他差不多的混混，或是那些位高權重的政客們好上許多。

這些原則是他在那樣「不可抗力」的環境底下，以自己的力量堅守下來的東西。他甚至爲了遵循跛腳老爸的教誨，陰錯陽差地丟了性命，在這一點上，他甚至勝過許多人，在他的頑劣性格當中，仍然有某些角落，是純潔且高尚的。

故事最後的他，成爲了他生前最厭惡痛恨的「條子」，他將以自己的手段，維護著比陽世更加黑暗、混亂、不平的陰間秩序，這樣的結局也算是某種程度上的完滿了——那個以往被社會所唾棄的張曉武，他的生命並非是完全沒有價値的。

香婧、小歸也是如此，他們在自己不完美的人生旅程當中，努力地堅持住了某些價值，這樣的價值使他們與故事裡的賴琨不同，與那些更受人唾棄厭惡的角色不同。

即便是現實中的人生，也絕非是黑白分明的，每一個人都在和兩種力量拔河——善與惡，每一個人的起跑點或許不同，但人人確實都保留著向前的權利，只要願意費力向前踏出腳步，就能離黑暗遠點，離光明更近一些。

即便是身陷在多麼不完美的逆境裡，這樣的權利仍然掌握在自己手中。

星子
2007.5

新版後記

時間匆匆，2007年我寫《陰間》時還不到三十歲，現在都快四十了。那年王智漢五十出頭、王書語還是高中生。

那年變成鬼的張曉武，至今還是不變的二十四歲。

《陰間》和《乩身》這姊妹作裡有個潛藏設定，是故事裡的時間流速和眞實世界差不多。

這設定的由來算是無心插柳，當年我寫完《陰間》，過了兩年寫《黑廟》，寫到張曉武以牛頭身分登場時，很隨興地將故事設定在距離張曉武當上牛頭的兩年之後。

這在當時只是一個沒想太多的設定，直到我開始寫第三本《捉迷藏》時，再一次將故事時間，往前推進到和眞實時間差不多的年份——這次就比較故意了。

一直到我開始寫《乩身》且使用與《陰間》相同的世界觀時，自然而然地將這習慣保留了下來，《乩身》和《陰間》的寫作時間相隔了約莫十年，故事裡的事件時間，也相隔了十年。

大家不妨想像一下，在《陰間》中並未露臉的韓杰，那時和張曉武同齡，且已經擔任了好幾年乩身，在那幾年當中，他擊敗了陳七殺，還爲了一個患了絕症的女孩，殺下陰間鬧得雞飛狗跳。

這麼激昂而有趣的過程，將來必定會成爲《乩身》或是《陰間》系列的某一本書——

更好玩的是，那時候張曉武還活著喔！

當年的張曉武到底幹了什麼好事，才讓素未謀面的韓杰這麼討厭偷車賊呢？

嘿嘿嘿……我還沒想到。

星子

新北南勢角捷運站外麥當勞

2018.6

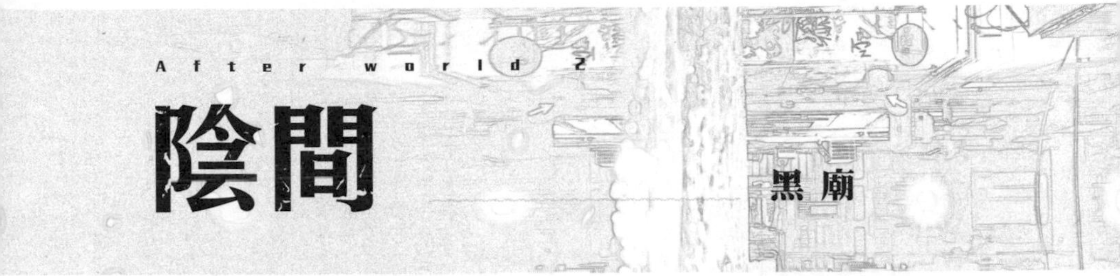

After world 2

陰間

黑廟

「這廟裡一點神味都沒有，是不是裡面神像沒開光？」
「有，以前有。但我後來動了點手腳，封住了。」

奉靈宮是座由透天公寓改建而成的不起眼小廟。
逃家少年柏豪得到廟祝收留，和廟中其他蹺家少年們一起生活。
廟祝不只教他們跳官將首出陣，
更利用法術讓少年們得以生魂出竅、遊走辦事。

柏豪發現自己在生魂出竅上很有天分，靈魂能夠長時間在外遊蕩。
然而他不知道的是，
靈魂長時間離體，會對自己產生什麼影響，
廟祝的其他法術，又將召來什麼。
其實，廟祝的野心慾望遠比他的術法能力更巨大……

國家圖書館出版品預行編目資料

陰間 另一個世界 / 星子 著.——初版.
——台北市：蓋亞文化，2018.7
冊； 公分.
ISBN 978-986-319-351-7

857.7 107009122

星子故事書房 TS007

陰間〔另一個世界〕

作　　者 星子（teensy）
封面設計 莊謹銘
責任編輯 遲懷廷
總 編 輯 沈育如
發 行 人 陳常智
出 版 社 蓋亞文化有限公司
地址：台北市103承德路二段75巷35號1樓
電話：02-2558-5438　傳眞：02-2558-5439
電子信箱：gaea@gaeabooks.com.tw
投稿信箱：editor@gaeabooks.com.tw
郵撥帳號 19769541 戶名：蓋亞文化有限公司
法律顧問 宇達經貿法律事務所
總 經 銷 聯合發行股份有限公司
地址：新北市新店區寶橋路二三五巷六弄六號二樓
電話：02-2917-8022　傳眞：02-2915-6275
港澳地區 一代匯集
地址：九龍旺角塘尾道64號龍駒企業大廈10樓B&D室
電話：+852-2783-8102　傳眞：+852-2396-0050
初版四刷 2021年5月
定　　價 新台幣 260 元
Published and printed in Taiwan

ISBN 978-986-319-351-7
著作權所有．翻印必究
本書如有裝訂錯誤或破損缺頁請寄回更換

TS007
GAEA

陰間〔另一個世界〕

蓋亞文化　讀者迴響

感謝您在茫茫書海中選擇了蓋亞，您的支持是我們最大的動力。
不要缺席喔，讓我們一起乘著夢想的羽翼，穿越時空遨遊天地！

姓名：　　性別：□男□女　　出生日期：　年　月　日

聯絡電話：　　手機：

學歷：□小學□國中□高中□大學□研究所　　職業：

E-mail：　　（請正確填寫）

通訊地址：□□□

本書購自：　　縣市　　書店

何處得知本書消息：□逛書店□親友推薦□DM廣告□網路□雜誌報導

是否購買過蓋亞其他書籍：□是，書名：　　□否，首次購買

購買本書的動機是：□封面很吸引人□書名取得很讚□喜歡作者□價格便宜
□其他

是否參加過蓋亞所舉辦的活動：
□有，參加過　　場　　□無，因為

喜歡出版社製作什麼樣的贈品：
□書卡□文具用品□衣服□作者簽名□海報□無所謂□其他：

您對本書的意見：
◎內容／□滿意□尚可□待改進　　◎編輯／□滿意□尚可□待改進
◎封面設計／□滿意□尚可□待改進　　◎定價／□滿意□尚可□待改進

推薦好友，讓他們一起分享出版訊息，享有購書優惠
1.姓名：　　e-mail：
2.姓名：　　e-mail：

其他建議：

◎請沿虛線剪開、對摺、裝訂後寄出

◎請沿虛線剪開、對摺、裝訂後寄出

廣告回信 郵資免付
台北郵局登記證
台北廣字第00675號

蓋亞文化有限公司　收

103 台北市承德路二段75巷35號1樓

GAEA

GAEA